小学館文庫

瀕死の双六問屋

忌野清志郎

小学館文庫

瀕死の双六問屋　目次

●本書は、『TV Bros.』（東京ニュース通信社）1998年11月21日号〜2000年７月22日号の連載に加筆・修正をしたものです。
（ただし「各話のレコード解説」「没原稿その一〜その三」は当時の書き下ろし、「号外」は2000年３月３日に行われた武道館でのライブ「RESPECT!」のパンフレット用原稿）
●文庫化にあたり、本文の訂正は最小限にいたしました。従って、本文中の数字、データ等は元本刊行当時（2000年９月）のものです。
●文庫版では適宜、「注」を付けました。

STAFF

デザイン　山上裕司（akkdy-f）
「注」執筆　林みかん
DTP制作　山中レタリング研究所
校正　浅見雄介
編集協力　相澤自由里（Babys）
小林有美子（Babys）
長澤　潔
編集　室田　弘（小学館）

瀕死の双六問屋

第一話

問屋からきた男

双六問屋に行ったことがあるかい？　そこはみごとな世界だった。双六問屋の世界では履歴書などいらない。学歴や職歴を誰に告げる必要もないのだ。タレントが画廊で個展をひらいたりしないし、歌の下手な者がＣＤを出したりもしない。退屈な夜をうすっぺらい笑いや、ブスい女の裸でうめようともしない。そんな必要はないからだ。みんなが自分の本当の仕事を持っているのだ。だから当然流行に流されて右往左往してる者もいない。若者は目上の人々に敬意をいだき、年長者は何が本当に大切なものかよくわかっている。双六問屋は理想郷であった。だが今は遠い。俺ははるか遠い旅をぶっとばしてきたのさ。だからすぐには君と話がかみ合わなくても仕方がない。理解不能なことを俺が言い出したとしても、まあ大目にみてもらいたいもんだな。

いろいろと世の中は忙しく貧しく混乱してきているようだが俺にはあまり関係ない。人々は笑顔や軽い挨拶《あいさつ》をどんどん忘れていく。シャイな若者が充満しているので世界中がぎこちなくなってしまった。俺はずっと楽しみにしていたんだぜ。ここに来て君と何か話をしたかったんだ。昔、俺はずっとシャイだったが、世の中が超シャイになってしまった現代ではとても図々《ずうずう》しい態度のロック・スター・オヤジに見えるらしい。イモなスポーツ新聞にはロックのバイアグラなんて書かれてたな。ロックのインポテンツの方が俺はなんだかかっこいいような気もするぜ。'60年代のサイケデリックな感じがしないかね？　……あ？　しないのね。

　さて、このブロスの連載をすることになった。顔の四角い男がやってきて、何か書いてくれと言ったのだ。その四角な奴《やつ》はインタビューやライヴにもやってきて、アフロヘアーの俺のマネージャーといろいろ話を進めたのだ。四角とアフロが言うことには絵と文を二週間ごとに書いてくれということさ。何か一曲、音楽のことを入れてくれとのことである。よくわからんのでもう一度四角とアフロによく聞いてみなくちゃいかんな、こりゃ。だが、いろいろと指示されて、あれ書けこれ描けといわれても、俺はそんなに器用な人間じゃないし、何しろずいぶんと遠い所からぶっとんできたばかりなのでね……。まあ、せいぜい楽しませてもらおうと思ってるんだぜ。

　しかし、「レインボー・カフェ」はすげえ評判がいいぞ。めずらしいことだ。俺の音楽がこんなに評判がいいのはめずらしい。だが田舎では売ってないらしい。俺のアルバムはいつも田舎では売られていないんだ。それは俺の意志じゃないんだけどね。田舎のファンはみんな注文して買わなきゃいけないんだ。かわいそうに……。方言も忘れて駅や飛行場も街並みも東京ナイズされ、あげくの果てに「レインボー・カフェ」は売ってない。注文するのもめんどくさいもんだろう。まったく田舎の奴らに同情するよ。全国で売れるためにはもっと腐った音楽じゃないとダメなのさ。そういえばツアーをやっても田舎は悲惨なもんだぜ。しかし、あんまり田舎、田舎と言っててもおこられそーだな。

失礼する。また会おう！　しばらくは君の近くにいるはずだ。

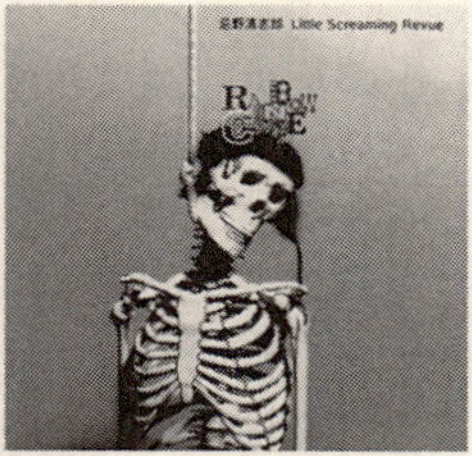

忌野清志郎　Little Screaming Revue
Rainbow Café　ポリドール／発売中
ポリドール移籍第一弾ということで、たいへん期待されたアルバムですね。これが出た頃は〝自力スポット〟といっていろんなテレビに出まくってシングルの「サンシャイン・ラブ」を唄ってたんで、けっこうみんな聴いたことはあると思うんですけど……実は全然売れなかったアルバムです（笑）。タイトルは、レコーディング・スタジオにコーヒーの自動販売機があって、それに〝Rainbow Café〟って書いてあったから、こうなりました。

第二話

小部屋へ向かう道

風の谷のビールを飲んでいつの間にか眠りに落ちた。そういえば、もうずいぶん永い間自分のベッドで眠った覚えがない。それにしても夢の中で誰かが「田舎、田舎……」と何度も繰り返し叫んでいた。あれはいったい何だったんだろうか。

しかし、すっかり冬だね。真冬の帰り道といったところだ。鼻が冷たくなる。坂道ではちょっと汗ばむ。白い息が君のことを思い出させる。風が君の名前を呼んでいる。でも、もう忘れよう。その方がいいだろ？　君は自由に生きた方がいい。新しい恋を見つけたんだろう。俺のことなんか忘れちまったんだろ。

ある日、タクシーを待っていると子供が二人やって来た。小学生の男の子と女の子だ。どうやら兄妹らしい。僕がタクシーをつかまえるといっしょに乗り込んできた。いったいどうしたことだ。子供たちは楽しそうにタクシーの中でもさわいでいる。「君たち僕がどこへ行くのか知ってるのか」と問うと、彼らはもう眠っていた。クルマのしんどうは母親の胎内を想い出すとよくいう。とても気持ちよさそうに寝息をたてている。目的地の小部屋付近でタクシーを降りようとすると運転手が「お客さん」と僕を呼びとめた。「子供をおいていってもらっちゃ困ります」え？ ああ、この眠っている男の子と女の子のことかい？ 「この子たちは僕とは関係のない子供ですので……」と言うと、運転手は「しかし、眠ってる子供をおいて行かれては商売に支障があるので、つれて行ってくれ」と言う。仕方なく無理に子供たちを起こしていっしょにタクシーを降りた。僕は子供たちに「眠いのなら早く家に帰りなさい」とさとしたが、彼らはいっしょに行くと言う。

「いいかい君たち、僕がどこへ行くのか知ってるのか？」と問うと「火星でも月へでもぼくたちはいっしょについて行く」と言う。そんなところへは行かない。ある小部屋に行くのだ。煙と臭《にお》いで息苦しいようなところさ。そこはとてもつまらないところだ。君たち子供はギョーザかラーメンでも食べて、どこかへ行きなさい。さあ、千円札をあげるよ。しかし、子供たちはあとからついて来た。「千円じゃ足りないしねー」といって笑いながら。私が小部屋に入るといっしょに入ってきて、あっという間に眠ってしまった。

小部屋ではFMが流れていた。クリスマス・ソングが世間の雰囲気をもりあげているつもりらしい。くだらないラブ・ソングばかりだ。甘すぎる。媚《こ》びを売っている歌ばかりだ。いい歌は少ししかない。あとは全部クズだ。本当のクリスマス・ソングを知らない奴らが多すぎる。スタックスのソウル・クリスマスを知ってる人はこの国には数えるほどしかいないだろう。ワインが流行《はや》れば、みんながワインをのんで恋に落ちる。ウィスキーが流行ればみんながコニシキのように踊るというわけだ。それにしても、君はこんな夜に僕を一人ぼっちにしておくなんて、すばらしい女だと思うよ。失礼する。また会おう！　俺はしばらくは近くにいるはずだ。

V.A.　STAX SOUL CHRISTMAS　WEA／輸入盤
スタックスのクリスマス・ソング集で、このあとにも何枚か出てるんですけど、その第一弾ですね。日本盤はオーティスの「ホワイト・クリスマス」が一曲目に来てるんですよね。オススメは、やっぱりオーティスの「メリー・クリスマス・ベイビー」かな。原曲はスローなブルースなんですけど、見事にアップテンポに変えてるんですよ。
ウィリアム・ベルの「休日のような毎日」もいい曲。いまだにクリスマスが近くなると聴いてます。

第三話

孤独の叫び

日ざしの中で目がさめた。窓の外を青白い顔の男が子供達につきまとわれていた。寒い。冷たい水で顔を洗い、あったかいコーヒーを飲もう。いや、やはり日本茶か……。どっちにするか迷っている、その間に風呂にお湯を入れよう。煮干しでダシをとってシンプルな味噌汁《みそしる》の準備をしよう。

さて、どっちかな……。どっちでもいい、ああ、君は読んでくれただろうか？「瀕死の双六問屋」と題した君への手紙を。それはわからない。僕はとても知りたいけど、わからないのさ。まさか、君は誰か恋人への手紙のように思ったんじゃないだろうか？ それは誤解だ。君こそがぼくの恋人なんだよ。コンビニか本屋で君にぼくの手紙を見つけて欲しいんだ。たった1ページだけの隔週に送るラブ・レターなんだぜ。ああ、君を愛してる。他の誰かじゃないのさ。君のことなんだ。だから、君はこの1ページを店員の目を盗んでやぶって持ち帰るべきだ。そして、君の部屋で僕のことを想い出しておくれ。さあ、早くこのページをやぶくんだ！ 誰にも見つからないように注意しろよ。雑誌を一冊全部買うなんて馬鹿《ばか》げてる。つまらないページの方が多いからね。それが世の中の常だ。おもしろい事は少ししかない。残りのほとんどはクズだ。いいかい？　この雑誌で君に必要なページは今、君が読んでるこの1ページだけだ。まちがいないね。だってこれは君だけに書いてる手紙なんだ。はやくこのページをやぶいて逃げるんだ‼

音楽をかけよう。今一番ごきげんなやつだ。俺にとって一番新しい。そう、俺は新しい恋に落ちたんだ。新しい恋に落ちたんだ。君がいるかぎり、人生はゴキゲンだ。今これを書きながら、俺はOTIS REDDING（＊注）の「SINGS SOUL BALLADS」を聴いてる。強力なラブ・ソング。いつ聴いても新しい興奮を覚える。不滅の名曲の数々だ。こんな歌を聴いたら男はみんな、この歌のような男になりたいと思うだろう。これらの歌を君のためだけに歌いたいよ。コードをひろって歌詞を覚えよう！　その間に君は早く手紙を持って逃げろ！

それにしても、コーヒーにするか日本茶にするかだが……君はどっちが好き？　でも、気がついたんだけど、ここで注意しなくちゃいけないことがあったんじゃないのか？　つまり、君がぼくのこの手紙を持って帰っちまったら、後から来た誰かはこの手紙を読めないということだ。そして、もしもその後から来た誰かが君だったら、君はぼくの手紙を受け取れない。どーしよー⁇　どうしたらいいんだ⁉　おお！　どうしよう。そうだ、おい本屋の人とかコンビニの店長さん、お願いだ。よく見張ってなくちゃいかんよ。ブロスをよく見張っていて欲しいんだ。俺のことを知ってるだろ？有名な忌野です。たのむ、このページを他の奴がやぶかないように見張っていて下さい。おねがいします。他のページはどーでもいいです。彼女がやってきて、この手紙に気づく日までたのむからお願いします。ああ……何てことだ。ベイビー。失礼する。また会おう！　まだ、しばらくは君の近くにいるはずだ。

OTIS REDDING
SINGS SOUL BALLADS　イーストウエスト／発売中
これはちょっと渋いのが揃ってるアルバムかな。名盤です。
RCの初代マネージャーの金田さん宅にFM東京のディレクターとかが下宿してて、このテのレコードがたくさんあって。それで金田さんが「君の声は黒人みたいだから、こういうの聴かなきゃダメだ」って貸してくれて、のめり込んでしまったという。
まだ17才ぐらいでしたね。当時のオーティスって〝SOUL〟という言葉をよく使ってるけど、彼自身が流行らせようとしてたのかなぁ。

（＊注）**OTIS REDDING**
いわずとしれた、不世出の男性ソウル・シンガーにして、キヨシローの、もっとも敬愛するミュージシャン。1967年、ツアー中の飛行機事故により26年の短い生涯を閉じる。オーティスへのトリビュートはキヨシローの音楽活動のいたるところに（見えるところも見えないところも、にやりと笑っちゃうところにも）光っているが、2006年には、ずばり「オーティスが教えてくれた」というタイトルの感動的なトリビュート・ソングを（ついに！）創ってしまったのだ（スティーブ・クロッパーとの共作）。ちなみに収録されている「夢助」は、この曲がきっかけとなって制作されたアルバム。そしてそもそもの発端は、オーティスの軌跡をたどるドキュメンタリーフィルムの取材だった。

第四話

防波堤は風の中

駅前の通りで男がうろたえていた。コンビニや本屋を行ったり来たりして、雑誌の1ページがどうしたとか、店長を出せとかわめいていた。僕は見て見ぬふりをして足早に電車に乗り込むことにした。関わり合いになるのはごめんだ。

釣りに行った。初めてリールというものを使った。海と河の交わるところの防波堤。風は冷たかったがよく晴れた日で、ちょっと陽焼《ひや》けした。カワハギをねらった。しかし、小物と雑魚ばかり。カワハギの肝醤油《きもじょうゆ》で刺身を食うのは、そりゃもう堪《た》えられないものだ。少しずつ波が高くなってくるころ、たばこに火をつけると、どこからか〝ポール・バターフィールド・ブルース・バンド〟の「In My Own Dream」が聞こえてくる。モダン・ブルースの新鮮なサウンドは今も輝きを失ってはいない。このアルバムが日本ではCD化されていないとしたら、僕はこの国の国民であることが恥ずかしい。水面にアメーバーのような何か下等動物が浮いてきた。僕の顔を見たような気がした。水面からちょっと浮きあがったように見えたが、すぐに水の中に消えてしまったよ。頭の中でポール・バターのハーモニカが鳴っている。そして、僕はリールを投げた。でかいのを釣るぞ。二人で食っても腹いっぱい食えるようなでかいやつだ。僕はそれを持って帰って、君といっしょに食べたいのさ。君を僕の部屋に招いて、お酒を飲みながら、カワハギを料理しよう。ふたりで気持ちよくなろうよ。ねえ、いいだろ？　誰にも邪魔されない居心地のいい部屋で時を過ごそうよ。僕が描いた絵と君のために作った歌と君に見せたいものがたくさんあるんだ。早くおいでよ。こんなに君のことを待ってるんだぜ。

防波堤を歩いている時、一人の女が声をかけてきた。一瞬君が僕を呼んだのかと思ったよ。だが、ちがった。その女は僕に「握手してー」と言って手をさしのべてきた。それで握手してやった。女は「わー、うれしい。芸能人でしょ。たしかミュージシャン関係ですよね」と言うのであった。ミュージシャン関係ってどんな関係の職業なんだ？　どうやら僕の名前を知らないらしい。もちろん歌も。「テレビに出てますよね」と言うので、「たまに出るだけです」と答えた。何てことだ。俺は芸能人じゃないぞ。自分が芸能人だと自覚したことはない。俺はバンド・マンだ。バンド・マンというのは業種でいえば自由業だ。自由な職業なのだ。テレビに出たりミュージシャンやってれば全部芸能人というわけなのかい。俺は芸能人なんか嫌いだ。チャラチャラしやがって。いつも弁当を食ってるような奴らだ。朝昼晩と三食全部弁当だ。ふざけんな。薄っぺらい歌やコントをやって人々に馬鹿にされてるような奴がほとんどなんだ。俺みたいに君に恋に落ちてるようなイカシたやつは一人もいない。俺はとてもイカシてるんだ。いつもゴキゲンなんだ。圧倒的な自信に満ちあふれている。そうさ、君に恋をしてるからさ。ずっと待っているよ。よーし、大物を釣りあげるぞ。そしたら、きっと君は僕の部屋に来てくれるだろう。

失礼する。また会おう！　しばらくは君の近くにいるはずだ。

THE BUTTERFIELD BLUES BAND
IN MY OWN DREAM　ELEKTRA／廃盤
これはすごいですよ！　近所に住んでた、小学校からの幼なじみの女の子が持ってたんですけど、若いのによくこんなの聴いてたなあって自分でも感心しますね。
エルヴィン・ビショップがギターですね。一番最後の「IN MY OWN DREAM」なんかマンドリンとか入ってて、すごく幻想的なんですよ。こんなの今のレコード会社から出してもらえないよね。あと「PIG BOY CLOWD SHOW」ってアルバムがあるんですけど、それも好きなんですよね。

悪い星の下に

防波堤の上から若い女が誰かにつき落とされたらしい。かわいそうに、まさか、つき落とされたのは君じゃないだろうな。いや、よそう。そんなことはあり得ない。君は僕に会うために生きているはずだ。一人で海に落ちるより、いつか僕と恋に落ちるはずだ。

しかし、防波堤から女がつき落とされるときのBGMはラスカルズの「グルーヴィン」がいいと思うな。映画の1シーンのようだろ。人々は感動して涙ぐむと思うね。自分の人生に重ね合せて大泣きする女どもが目に浮かぶようだぜ。涙は大切だよ。目にうるおいを与えるのさ。俺にもうるおいをくれ。たのむ、俺にうるおいをくれよ。早く僕にうるおいをおくれよ。君こそが僕にうるおいを与えられるただ一人の女だ。ああ、俺ははげしい男なのか。それで君は引いてしまうのか。こっちに来いよ。ああ、何てことだ。トサカに来ちゃうよ。水だ。水をくれ。心を静めよう。うるおいをくれ。お前がすべてなんだ。

俺はベッドから飛び起きた。汗びっしょりだ。旅の途中なのだ。くそっ、何て狭苦しい部屋だ。このホテルは昔、グルグルと回って天井から水が降ってきて、俺のギターケースが舟の役目をしてくれた。部屋が水浸しになって、おぼれそうになった。俺はギターケースに乗って難を逃れたのだ。ホテルの廊下は河のようにエレベーター・ホールへと激流が走っていた。どんな災害にあっても俺はくじけないぞ。お前に会って、その体をだきしめるまでは、絶対に死なない。「待ってろよー」俺はギターケースの上から叫ぶ。ホテルの客たちがみんなおぼれていく中でこの一人乗りのギターケースの上で俺はギターを弾いている。こいつはまいった。向こうからやはりギターケースに乗ったチャーが流されてくる。彼は相変わらずクールに「やあ、久しぶりだな」と言った。「うむ……、しかし、こんなところで会うとは奇遇ですな」と私も平静をよそおった。

やがて、水の流れが落ち着くと、ぽっかりとソファーが流れてきて、その上に一目で水泳部の出身とわかる男が元気に体をふいている。その男の手と足には水かきがついているのだ。長年水泳を学んだ者には必ず現れる特徴である。「チャーさんと清志郎さんですね。私は日大水泳部OBのサトウです。なぜ私のオデコがこんなに狭いか知ってますか。水泳部の人間はいずれみんなこうなるんです。水圧でどんどん狭くなってしまうんです。速く泳げるようになればなるほど水圧は強くなるんですから。オデコが広くて悩んでいる青年はぜひとも日大水泳部に入るべきですよ。ただし、こんな手でギターやピアノなどうまくは弾けませんがね、ははは……」サトウという男は一方的にしゃべり出した。いったい何なんだ、この男は。俺たちはいったいどうなるんだ。俺は仕方なくまたギターを弾き始めた。チャーがクールにジャムってきた。サトウは頭に何かかぶったりしてしゃべり続けてる。そんなにすごいのかよ、日大水泳部っていうのはよ。ふつう、自分の手や足に水かきがついてたら、かくすと思うぜ。恥ずかしがるべきじゃないのかよ、それって。

いやなことを想い出してしまった。旅の空の下では何が起こるかわからないぜ。失礼する。また会おう。もうしばらくは君の近くにいるはずだ。

YOUNG RASCALS
GROOVIN'　イーストウエスト／発売中
これは有名ですよね。聴いたきっかけは、たぶん友達関係で好きな奴がいたからだったと思うんだけど。ラスカルズはラヴィン・スプーンフルとかあのへんの、日本ではフォーク・ロックと呼ばれていたような〝サマー・オブ・ラヴ〟の時代のグループなんですよ。「グルーヴィン」はよくあるコード進行なんだけど、この爽やかな感じはラスカルズしか出せない！　しかも、それでいてソウルフルでもある、みたいなね。素晴らしいです。

第六話

新しい旅立ち

洪水にみまわれたホテルの映画を深夜のTVで観《み》ていたが、豪華なホテルが水びたしになるシーンはおもしろかった。難を逃れた友人が偶然めぐり会うという話でけっこうはまりこんでいたのだが、途中で電話が鳴った。

下っ端のマネージャーからであった。「……あの、実は僕、一身上の都合で田舎へ帰ることになったんです。いろいろお世話になりました。御恩は一生忘れません」彼は泣いていた。「おい、こんな夜中にいったい何を言ってんだよ。ずいぶん藪《やぶ》から棒な話をするねえ、君は……」「……はい、あの、それから……仕事の話なんですけど、あの例の映画、音楽だけじゃなくて、出演もするってこと僕、言いましたっけ？」彼は鼻をズルズルさせながら弱々しい声でそう続けた。「え？　あ、言ったよ。聞いたけど……」「ああ、よかった。また言い忘れたかと思って……」「なんだよ、お前、ノイローゼか何かかよ。インターネットでやばいブツでも手に入れたのか」「……いいえ、ちがいます。僕は……」「あっ、わかった。クビだろ！　また何かやらかして、とうとうお前クビになったんだろ！」私は思わず大声で笑おうとした。「クビになったんだろ！」の後に「はーっはっはっはっはっ」とつける感じだったのだが、あわてて口に手を当てて、笑いをこらえた。「ゾーナンデズ～、ヴヴー!!」彼は思いっきり泣きだしてしまった。電話の音が割れている。そうか、ついにやったか。こいつは前々から問題の多い奴だったからな。社長の前では何も言えないくせに外で、でかい口をたたいて収拾がつかなくなることがよくあったし、体力もなかったのだ。あまり仕事に向いていないとでも言うのか、まあ、そんなふうに見られていた奴だ。まだ電話の音が割れている。「おーい、もしもし、おーい、お前、うるさいぞー。泣くなら受話器を遠ざけろ。または電話を切れよ、おい。もしも～し」私の忠告が聞こえたのか。泣き声はややおさまって、しゃくり上げるようなヒクヒクというものに変わった。私はなぐさめるつもりで、「でも、お前は今年は俺にはまだ何も害を加えてはいないよ。去年は正月早々、トンネルの中に置き去りにされたけどな。愛人からのファックスを俺のカミさんに見せたり、俺のクルマで新聞配達の自転車をひっかけたり、いろいろやってくれたけどさ。今年はまだ何もやってないのにな。ああ、俺にはだけどな」「……」「あのー、もしもし、今なぐさめたんだけど……、もしもし……」しまった。どうも、怒ったらしい。でも本当のことだぜ。「もしもーし、おい、怒ったのかよ。それがいかんのだぞ。人の言うことは素直に聞くもんだ。冷静になれよな。俺の家に火つけたりすんじゃねえぞ。これでも俺はなぐさめてやってんだぞ。おい、わかってんのかよ。お前なんか他の仕事についたって、どうせダメだぞ。そんな調子じゃ、うまく行かねえよ。おい、このやろう、いつまでもメソメソしてんじゃねえぞ」気がつくと、窓の外は白みかけてきて鳥の声が聞こえ始める時間であった。後半はほとんど私がしゃべっていた。数日後、彼はひっそりと故郷の街へ帰っていった。キャンド・ヒートの「Going Up The Country」を彼に贈ろう。

失礼する。しばらくはここに留《とど》まるつもりだ。

CANNED HEAT
LIVING THE BLUES　東芝EMI／廃盤
まあヒット・グループの中のひとつですよね。といっても日本ではヒットしなかったと思うんですけど（笑）、「オン・ザ・ロード・アゲイン」という曲で出てきて。裏声みたいなヴォーカルがすごいんですよ。あとは「ゴーイン・アップ・ザ・カントリー」かな。当時、東芝が〝ニュー・ロック〟で、ソニーが〝アート・ロック〟みたいなこと言ってたんだけど、そのニュー・ロックのオムニバス盤みたいなのに必ず入ってたバンドですね。

第七話

リスト・バンドを残していった男

おお、ハニー、ベイビー、お前に会いたい。世の中がどう変ろうが俺のこの燃える想いは変わらないんだ。いつもお前のことだけを想っている。早く俺のところにきてくれ。

俺はまた飲みに行った。

それにしても、まったくあいつのレコードや本なんて、マジで俺はムカムカするぜ。マジメすぎる人間をこれでもかと強調するためにレコードや本を作ってるんだからな。くそ、笑わせんなよ。俺みたいなふざけた男にはあいつの歌や詞や文章は……、ふざけんなこの野郎、それでおめえは何が言いたいんだよ、って言いたくなっちゃうんだぜ。酒場で一万円札をたたきつけてこれが俺の飲み分だろ。ふざけんな、てめえは偽善者なんだよ。俺は頭に来たから帰るって言って、五千円札をたたきつけて、帰るところだぜ。一万から五千に下がったけどな、その札びらは、テーブルの上でヒラヒラってちょっと動くのさ。それを他の奴らはあっけにとられて、そのヒラヒラを見てしまうんだ。その間に俺は花ガラのしぶい冬のコートを着て、店のドアをけとばして出ていくのさ。そのコートはカシミアなんだぜ。ほんとだよ。俺はめちゃくちゃかっこいい男なんだぜ。女どもはみんな俺をひき止めんとして、店から出てくるが、俺はタクシーに乗ってしまった。「待って！」と言って一人の女がタクシーの窓にすがりつくのさ。「どーして行っちゃうの？」と泣いている。馬鹿野郎、あんな野郎はいくじなしのしょんべんたらしなんだよ。俺はあんな奴と酒を飲んでるとな、次の日の男の仕事に差しつかえるんだ。お前のせいじゃないぜ、ベイビー。悪く思うなよ。これで、かんべんしてくれ。——と言って、俺はコートの内ポケットからツアー・グッズの俺の特製リスト・バンドを出して、その女にくれてやった。うさぎのマークがついているやつだ。「うれしい……」女はそのリスト・バンドを頬《ほほ》に押し当てて、それから左の手首にはめた。タクシーは出発した。うう……、五百メートルも走らないうちに、吐きそうになった。あの、すいません、運転手さん……、車を止めてもらえないだろうか！　すると運転手は急ブレーキで止まった。「どーしたんですか、お客さん、あんたはいったい、……あっあっあっ……」と言っているその間に、夜空に飛び散る流れ星のように私のゲロは車内にみごとに咲いたのだ。そのふり向いた運転手の顔をめがけて、とても多くの流星群が飛んだのだ。すごい光景であった。この場面はぜひともビデオではなくフィルムでおさえたかったものだ。

次の日、記憶を失っていた俺は、夕方ごろからダラダラと一日を始めた。いったい昨夜、何があったんだろう？　まー、いいか、何かやらかしたんだとしたら誰かからクレームがくるだろう。何もやってないなら幸いだ。レコードでも聴こうかな……。えーと、そうだ。あれを引きずり出してかけてみよう。しかし、いったい昨夜、何があったんだろう？「トゥモロウ・ナイト」を聴こう。明日の夜こそは僕を抱いてくれるのかい？　君はいつも明日の夜ねって言うけどさ……。そうだな、いろんな人が歌ってる名曲だ。ボブ・ディランも歌ってる。

失礼する。また会おう。お前のことをこんなにも愛してるんだ。

BOB DYLAN
GOOD AS I BEEN TO YOU　ソニー／発売中
ディランは'70年代の「新しい夜明け」とか、よく聴いてましたね。で、これはひさしぶりの弾き語りのアルバムなんですよね。もう何十年ぶりかじゃないかな？　この中の「あしたの晩」がファンの間ですごく話題になったんですよ。もともといろんな人が演ってる有名なリズム&ブルースの曲なんですけど……誰だっけなあ、オリジナルは？　それで〝すごくいいよ〟って噂になってたんで、買ったんですね。そしたら良かった！と。

第八話

恋のダイヤモンド・リング

酒場で誰かがあばれたことや芸能人の離婚は人々の興味をそそるもののひとつなのだろう。TVや週刊誌で大きくとりあげられ、いったいどれほど多くの人達がそれを見るのか……。しかし、それは先鋭的な走る人々にとっては、まるで笑止千万なニュースともとらえられぬゴシップに他ならない。出まかせも真実も、でっち上げも事件も全部、十把《じっぱ》一絡《ひとから》げとなって電波や活字として流される。そんなものだ。つまり人間はいぜんとして下等動物なのだ。ゴシップに涙を流す人々には、その耳の中に音楽は鳴っていないだろう。いつもケータイ電話を耳に当て都会の駅周辺をさまよい歩くのだろう。それを通り過ぎるベンツかジャガーか高級外車か国産最高級モデルの中から、チラッと横目で見た。子供の頃にはあんな奴は歩いていなかったぜ。耳に電波をこれでもかとあびてるような奴は一人も存在しなかった。あいつらは、そのうち脳がやられちまうはずだ。くだらないおしゃべりの代償に痛い目に遭うんだろう。

ふと、そんなことを考えていると、横で運転手が得意気にインターネットの話を始めた。どこかで聞きかじった話を自分の考えのように話すのが得意なのだ。だが、俺はヒマだ。今はこの車に乗せられてるだけだ。何も考える必要もない。仕方がない。これが移動というやつだ。移動中はとてもヒマだ。「悪いけど、俺はインターネットなんかまるで興味ないんだよ。だって俺にはもっと他に興味のあることが腐るほどあるんだ。君みたいな人にはわかんないだろうが、俺の毎日はこの人生の間中ぜんぜん退屈じゃなかったんだよ。時間が足りなかったんだ。今もそうだし、これからだって同じだ。好きなことをやるためには没頭する時間が必要だろ。君みたいに仕事の合間に匿名でメールかなんか送ってんのとちがうんだ」と、今にも口に出そうとしながらも、彼の話に耳をかたむけた。カー・ラジオからは、なんと「恋のダイヤモンド・リング」が流れてきた。ゲイリー・ルイスとプレイボーイズだ！　おお！　なつかしい。ちょっと待って、この曲が終わってから、好きなだけインターネットの話を聞いてやる。だから、しばしだまってくれ、たのむ。

「このダイヤモンドの指輪を君に送るよ。これは僕の愛の証《あかし》だ。僕がどんなに君を愛しているか、わかっておくれ。映画スターや大金持ちみたいに大きな指輪じゃないけど、君の指に似合うと思うよ。君は僕のダイヤモンドなんだ。可愛《かわい》い笑顔で僕の心を受け入れて」おお、「恋のダイヤモンド・リング」俺は、君にだけ送りたいよ。この人生でたった一度だけ、このダイヤモンド・リングを送りたい。どうぞ、信じておくれ。この世で恋は一度だけ。旅から旅のこの空を、いつも君に見せてあげたい。僕が行くのを待っていてくれ。いつか必ず君のもとに行くよ。ほこり風の中を、きっと暖かい日に、そうさ君のところへ。

　横で運転手が何かだらだらと話していた。端末がどーのと……。何がタンマツだ。タイマツでも持って雪の中、走ってろ。クルマは次の仕事場へと向かっている。セックスや恋愛がどんなに乱れてしまっても僕にはカンケーない。君を想うこの気持ちは誰にも何も変えられないのさ。

失礼する。しばらくは君の近くにいるはずだ、こんなにも君を愛しながら……。

GARY LEWIS & THE PLAYBOYS
THE ORIGINAL　DISKY／輸入盤
リバプール・サウンドとかが流行ってる頃に出てきたグループですよね。まあ、いわゆる一発屋って言いますか（笑）。知ったのはラジオからで、「恋のダイヤモンド・リング」ってのがヒットしてる時。で、アルバム買ったのはずいぶん最近なんですけど、実際に聴いてみて、ガクッてきましたね。バンドとしてのポリシーも全然ないし、つまんねえ。そういうバンド多いんですよねぇ。あ、でも、こないだ日本に来たみたいですよ。

第九話

双六問屋へ帰りたい

ゆっくりと芸能人をのせたクルマがテレビ局の中へ入ってゆく。黒ぬりの美しいクルマだ。オウム事件(＊注1)以来テレビ局のケービ員も何かしらピリピリしている。生命保険のほうも和歌山カレー事件(＊注2)以来、契約関係がきびしくなったらしい。事件がくり返され世の中は変わっていく。そして人々の感情まで変わっていくのだろうか……。

今ごろ、双六問屋はどうなっているだろう？　あのなつかしい町、そこで私は生まれ育ったのだ。番頭さんにきびしく鍛えられた。つらい修行に何度となく涙を流した。それも今ではなつかしい想い出だ。堅苦しいでっちどんや、わがままな人のいいおかみさん。正義感が強くて涙もろいご隠居。私はいつもあの人たちを想い出す。遠く離れてしまったが私の心はいつもあの町にあるのだ。坂道を登る、急な坂がいくつもあった。太陽が当たり美しい影をおとす。自然にかこまれ陽は霧につつまれ春には花が咲き乱れた。冬には木枯らしが吹き雪の中でキンモクセイの花が咲いていた。ああ、帰りたい。あの人たちの笑顔が忘れられない。いつも夢に出てくる人々よ、私は元気でやっている。どうぞ私のことを忘れないでくれ。

遠い所からやって来て、やっとこの世界にも慣れたというのに、またあの四角い顔とアフロ・ヘアーがやって来た。映画のための音楽を作るためにスタジオで気持ちよくウクレレを弾いてるときにだ。そして、二人そろって何て言わなかったと思う？ 四角とアフロはこう言わなかったんだぜ。「お忙しいところ、おしかけて申し訳ありませんが、ブロスの文章とさし絵は内容を同じにして下さい」だってさ。つまり文章に書いてあることを絵にも描けということは言わなかったんだ。だから四角とアフロが俺にへりくだってるところの絵を描かなきゃいかんという事もないが、せっかく文章と絵の二つのメディアがあるのに同じことをやるのがいい。1ページで二つの事をやるのは人々にはわかりにくい。本当はわからん奴にはわかってもらえなくてもいいとは思っているが（何だか今回は変な文だなぁ……）。

四角はともかく、だからアフロ・ヘアーの奴はあやつり人形と言われるのさ。いったい、お前は誰の味方なんだ？ それとも誰の手先なんだ？ 自分一人では歩けないくせに誰に歩かせてもらうつもりなんだい？ これじゃ、まるでブルースのワン・フレーズだぜ。そうさ、恋人に歩かせてもらうのさ。僕はパペット人形だ。君のあやつり人形だ。君が居なけりゃ始まらないのさ。僕をあやつってくれるのは君だけさ。僕をうまくあやつれるのは君だけだよ、SAM&DAVEの「I'm Your Puppet」、南部のカオリがプーンと臭ってくる。ダン・ペンの名作のひとつだ。ガキどもにはわかりゃしねえさ、こんなラブ・ソングはね。

他の奴らと同じことをしろって大人たちにずっと言われてきた。遠い双六問屋からやって来てまた今度は若い奴らに同じことを言われたよ。僕はウクレレを弾きながら笑ってしまった。笑いながらのウクレレは一発でＯＫだ。俺のリズムには俺の人柄が出ている。もって生まれた人柄だ。

次の日、映画が中止になり、レコーディングも中断された。

では失礼する。俺はここにいる。こんなにも君を愛しながら。

SAM&DAVE
DOUBLE DYNAMITE　イーストウエスト／発売中
これもオーティスを知った頃、リズム＆ブルースに目覚めた頃によく聴いてたやつですね。'65年とかじゃないかなあ？　僕が高校ん時に学校サボッて観に行った、最初の外タレなんですよ。渋谷公会堂で2日間あって、2日とも行った。1日目はRCの破廉ケンチなんかと観に行って、それで〝すごいのが来てる！〟っていうことで、2日目は高校の友達みんなと行ったんですよ。あれはもう、全盛期ってやつですね。すごかったですね。

（＊注1）**オウム事件**

1995年3月20日、東京都の地下鉄車内に化学兵器として使用される神経ガス・サリンが散布され、死者12人、重軽傷者5000人以上という大惨事に。国内では史上最悪の「無差別テロ」事件となった。警視庁は同22日、それ以前から「松本サリン事件」「弁護士一家殺害事件」「公証人役場事務長拉《ら》致《ち》監禁致死事件」など、数々の容疑対象となっていた宗教法人「オウム真理教」の教団本部を強制捜査。教祖以下、教団幹部が次々と逮捕された。被疑者の供述や関係者の証言から、この団体の常軌を逸した実態とともに「ターゲット」を広く想定していた事実が明らかになるにつれ、公共の場からゴミ箱が撤去されたり、企業、放送局、新聞社、出版社などの入館チェックが厳しくなった。

（＊注2）**和歌山カレー事件**

1998年7月25日、和歌山県和歌山市で、地区の夏祭りに提供されたカレーに亜ヒ酸が混入され、4人が死亡するという事件が起きた。容疑者の女性は、当初、知人男性に対する「殺人未遂」と「保険金詐欺」容疑で、いわゆる「別件逮捕」され、その後「カレー事件」の実行犯として再逮捕された。その後の捜査でも、複数の「保険金詐欺」容疑が浮上した。被告の女性は「カレー事件」で1審、2審ともに死刑判決を受けたが、一貫して容疑を否認。無実を主張して上告中（2007年7月現在）。

第十話

エレファントラブがやってくるヤァー・ヤァー・ヤァー

よーし、まかせとけ。俺にまかせときな。いーから、いーから、俺にまかせりゃOKだ。みんなまとめてメンドーみよう。全員俺にぶらさがれ。おんぶしろ。だっこだ。俺が光をあげよう。闇夜《やみよ》を照らす光だ。光をあげよう、限りなくいつまでも。生まれながらのこの輝きを。目がつぶれないように気をつけろ。俺の光は強力だぜ。どんなことがあったって、どんな目に遭ったって大丈夫だ。安心しろ。君はまだ大丈夫だ。ぜんぜん平気のへーザだ。へっちゃらもいいところさ。なにしろ俺がここにいて、君と同じ時間を生きてるんだぜ。こんなに心強いことはないだろう。よし、OKだ。さて……。

飛行機の中で誰かが汗だくの男と水泳部の男の噂話《うわさばなし》をしていた。僕はうとうとしながら夢の中から窓の外をながめていた。老眼鏡と入れ歯とコンタクト・レンズとリップ・クリームを忘れてきた老人が今すぐ降ろしてくれとスチュワーデスに哀願していた。それを見てみんなが笑っていた。その笑い声で僕はうたたねからよみがえった。

　俺はよろよろと立ち上がるとトイレで顔を洗うために歩き出した。ねむい。昨夜、菊姫（＊注1）を飲み過ぎた。しかし、記憶が無くなる程飲んだのは久しぶりだ。私はトイレでゲロを吐きながら顔を洗い、そして君のことを想った。君は今ごろ、どうしているだろう？　坂道で僕のことを想い出してくれているだろうか。ストーブの前で何を想っていることだろう。可愛《かわい》い君の仕草が忘れられない。君のような美しいひとを一人にさせておくわけにはいかない。早く君を見つけなければ……。待っていてくれ。すぐに君のところへ行くよ。

　飛行機は着陸の態勢に入った。僕はきつく、きつくシートベルトをしめた。スチュワーデスがやってきて「お客さま、背もたれをもとに戻して下さい」と言った。僕は一瞬ムッとした。

　医学界のイベントが始まったようだな。臓器移植（＊注2）で世の中は大騒ぎだ。誰かの心臓や肝臓を他の人のとつけ替えるのだ。これが現実に行われるのだから、えらいこっちゃ。みんなブラック・ジャックのファンだからな。俺の母親の臓器も研究用にホルマリンにつかっているはずだが、あれはもう使えないだろうな……、新鮮じゃないからな。しかし、人間の細胞というのはすごいらしい。細胞は細胞を求めてよくくっつくものらしい。近年ものすごい発表が数多くなされている。特に神経系の細胞のくっつき度は目を見張るものがあるらしい。神経というものはそうとう力強い細胞なのだという（これは友人の医者から聞いた話）。

何かスキャンダルをやるなら今のうちだ。医学界のイベントがもり上がってるうちにやるんだな。そうだロリータ18号に久々に電話してみるかな……？　いや、まてよ……、沢口靖子さんはどうだ？　この間リハでいっしょに歌ったときはいい感じだったぞ……、ああ映画は無くなったんだっけ。

でもさ、俺の体の中に誰かの臓器がやってくるっていうのは、なんかちょっとアレだな。お互いうまくやれればいいけどさ。子供のうちなら、ともかく、いいだけ好きなことやってきた古い人間にはどーかな？

愛している。君の臓器なら受け入れるよ。早く僕の臓器を受け入れておくれ。

エレファントラブ
STAY GOLD　アンティノス／発売中
エレファントラブはヒップホップというかラップをやってる連中なんですけど、一時期よく一緒にライヴやってたんですね。なかなか若々しい、いい感じの男たちで、ジョイントとかもやって。ただ、知り合ったきっかけが、よく思い出せない。たぶん事務所の関係だと思うんですけど。このシングルでは僕がちょっとヴォーカルで参加してるんですよ。ちょうど発売になるタイミングだったんで、編集部から頼まれて紹介したのかな？

（＊注1）**菊姫**
石川県の銘酒。材料にこだわり、造りにこだわるその味は、「正しい清酒」として、全国に熱狂的なファンをもつ。あまりの美味《うま》さにするする飲んでしまう危険な酒でもある。

（＊注2）**臓器移植**
1997年10月に「臓器移植法」が施行されて以降、国内初の「脳死臓器移植」が1999年2月、高知県で行われた。同年5月には2例目、6月には3例目と4例目、と実施が相次ぎ、賛否両論もふくめて世の注目を集める。また、「脳死判定」決定以前の先走り報道や、ドナー特定につながる情報の不用意な公開など、ガイドラインの不備ともあいまって報道機関にも混乱が相次ぎ、論議の的となった。

co·op リボンノート
RN30A
再生紙(古紙パルプ70%)使用

サイコロを巧みにあやつる初老の武士とそれを目の当たりにして驚いたり、喜んだりする人間の様が見事に描かれた名作である。

TV Bros

世界の平和をいつも願っている作者が喜びあふれるクリスマスの情景をみごとに描いた作品である。

©イマーノ'98〜'99 Kiyoshiro

このアップでピンボケ気味の武士（おそらく浪人）は斎藤和義の先祖の斎藤和之信飛己左衛文である。

まま
ももよ

下級、いや当時にあっては中級あたりの武士であろうか、釣りをしている場面である。背後は女の幻影であろう……。波の感じなどはモネ、シスレーなど、印象派の影響がうかがえる。上部の空白をうめているのは作者の子供達が描いた絵だ。

明日の命すら知れぬ若い忍者(下忍)と、妹かあるいは幼なじみの少女。七五三の日、下忍は自由な一日を許されたのであろうか、ひとときたたかいを忘れほほえむ姿、そしてはにかむ少女。永遠の美しい光景である。神社の鳥居は海中に浮かぶところから弁財天であろう。それに対してウィルキンソンのジンジャーエール(ドライ)が描かれている。興味深い作品である。

海辺の田舎町でよく見かける日常の風景である。めんを待つタコボーズの行列、海のようすから恐らく夕方であろう。走る双尾の猫、背後霊、とばく場へ向かうやくざ者などが生き生きと描かれている。作者の真骨頂といえる世界だ。

よろしく〜
ボブディランのワタナベです。

ワタナベという友人とのやりとりをストーリーを追って描いた作品。このワタナベという青年が現代社会にうったえてることはどこか、重大なことのようにも思える。カーテンを開けてしまったウサギとワタナベ のその後を見てみたくなる作品だ。

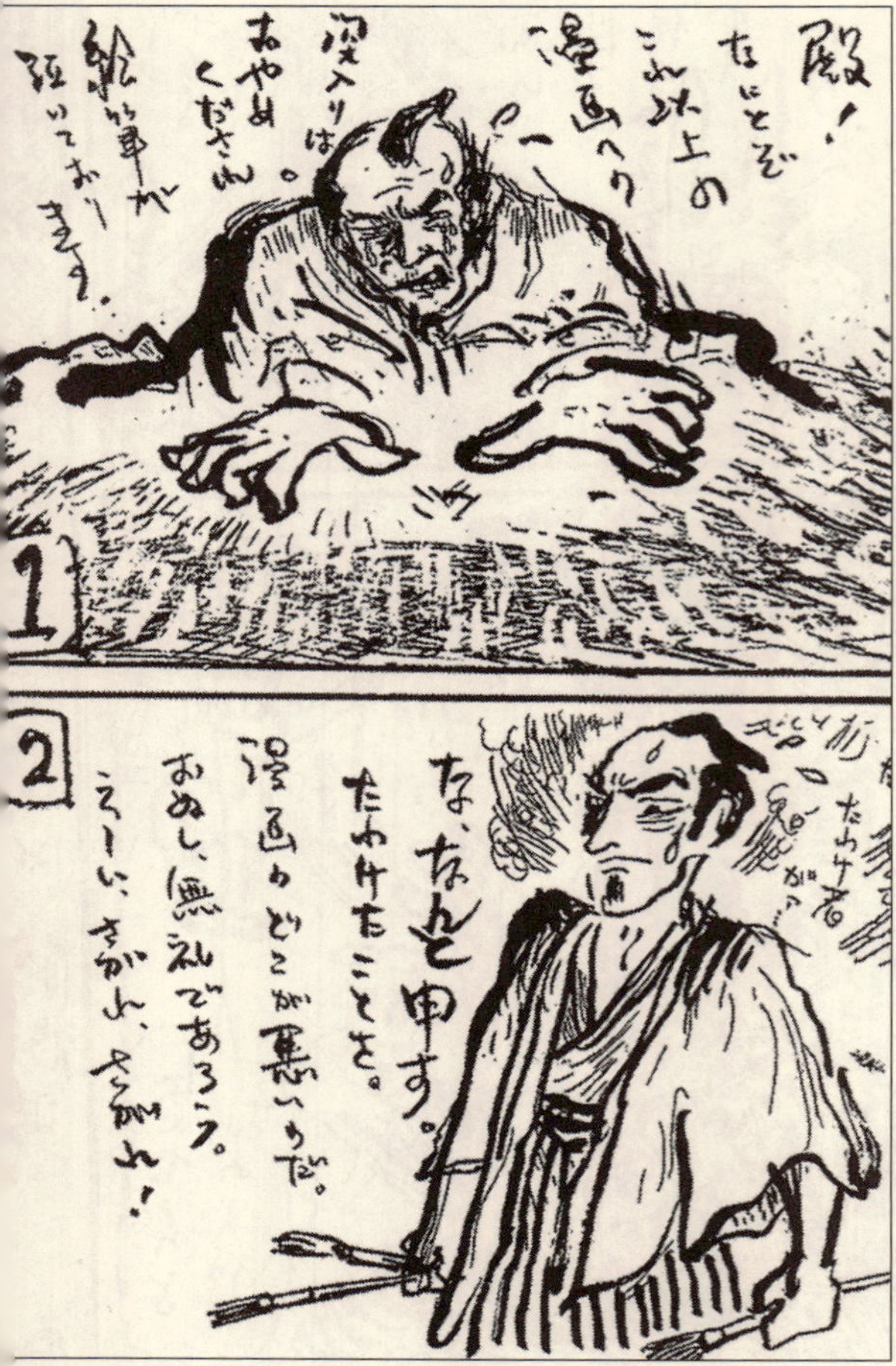
1
殿！
なにとぞ
これ以上の
漫画への
深入りは
おやめくだされ。
絵筆が
泣いております。
2
な、なんと申す。
たわけたことを。
漫画のどこが悪いのだ。
おぬし、無礼であろう。
えーい、さがれ、さがれ！
たわけ者がァ…

ひかえい!!
これが目に入らぬか
江戸表よりの
お達しじゃ。
よっく
聞けい
なんでも
いいから
早くかけ!
〆切りすぎた。
テレビプロス
より

画風に関して領主とその家臣がもめているところへ江戸表よりの使者が早馬にて登場するという、ドラマチックな展開である。人々が忘れてしまった劇画のタッチを今も大切にしている作者の愛情が感じられる作品である。

©イマーノ'99

おだやかな昼下がりの釣り場の風景であろう。やはりこの絵も水辺を愛した印象派の影響が美しく表れている。それにしても誠にもって写実的な作品である。なかんずく水中でへつらう二人の若者の描写はみごとという他なし。

闇夜でござる……
お気をつけくだされ。
©イマーノ'99

夜の日常のよくある風景をみごとに切り取った作品である。作者は夜の風景を描かせたら右に出る者はいないとまで言われるだけあって、ほとんど太陽に当たったことがないらしい。夜の深さをその眼力で描ききっている。

第十一話

がんばれ！　アフロ之助・外伝

小島剛夕、白土三平など、劇画・忍者漫画の影響を強く受け継いだ作者の代表作（未発表）の外伝である。プロレス300号を記念して描かれたストレートな作品に仕上がっている。

先生〜!
たいへんです〜
ハァハァ
©イマーノ'99
むっ
なにやつ
なんだ アフロ之助ではないか
はははは…
いかがいたした
先生! たいへんで、一大事です〜
じつは…じじつは…

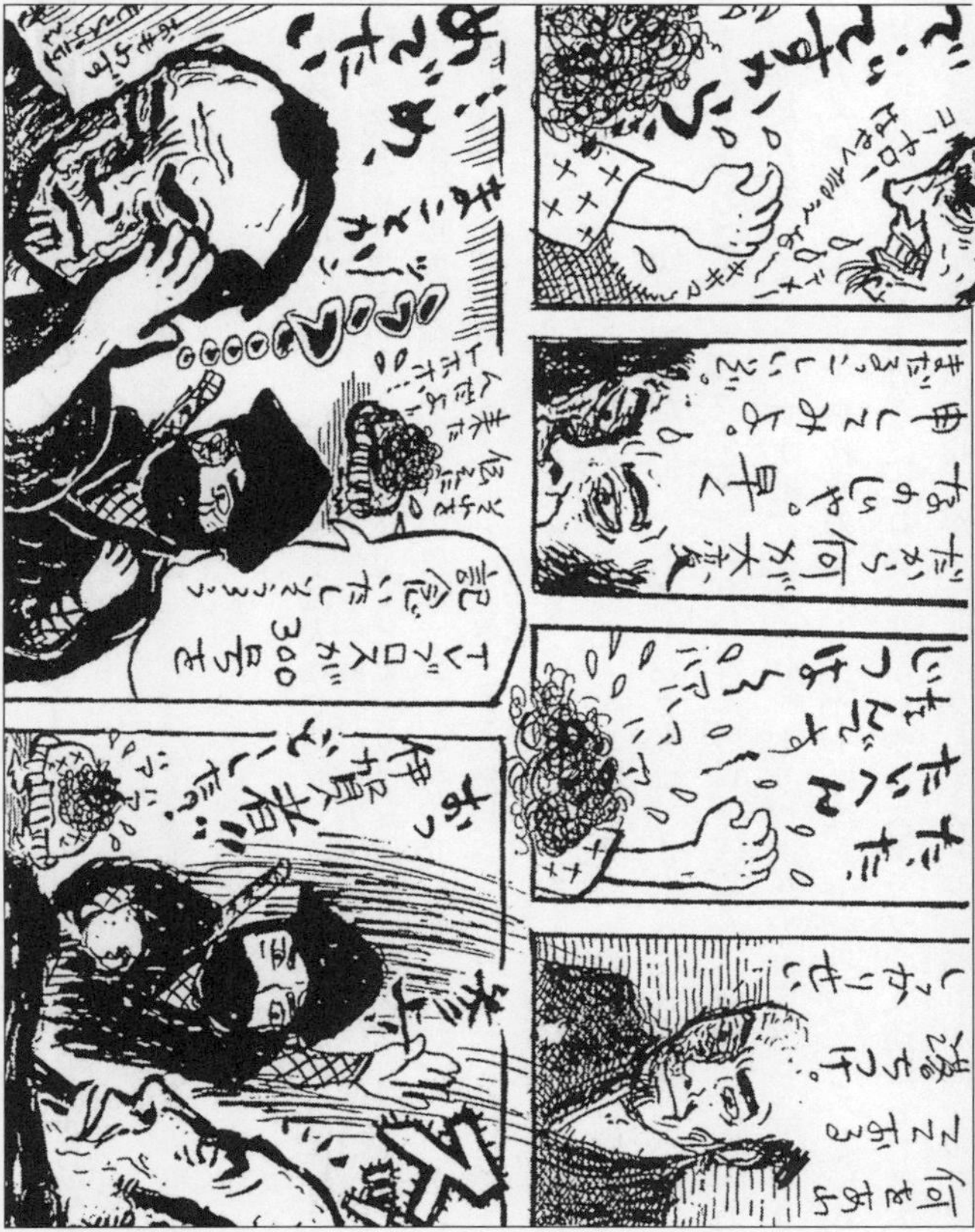
何をあわてておる
落ちつけ。
しっかりせい
たたたいへんですぅ〜
じつは〜
ハァハァ
だから何が大変なのじゃ。
早く申してみよ。
まだるっこしいぞ。
で・ですから〜
コーヤロー！
スッ
参上
おっ 伊賀者!!
どーしたの？
ハァハァ
テレプロスが300号を記念いたしそうろう
ツーン
まことか…
め、めでたい

第十二話

ケンとメリーのGTR

ケンとメリーはポンコツのGTRを手に入れて、フジ・ロック・フェスに行くことにした。ある夏の暑苦しい夜にそれを思いついたのだ。さいわいバイトで稼いだ金が少しあった。中古車屋を廻《まわ》って、ついにカッコいいGTRを手に入れた。色といい型といい二人はすぐに気に入った。しかし、高速道路を走ったり山道を走るのには少しチューン・アップしなくてはならなかった。「まあ、いいか。そんな金もないしな、何とか走ってくれるだろう」とケンが言った。ケンは工業高校の自動車整備卒だった。「親せきのオジさんが言ってた、ウッドストック・コンサート(＊注)の映画みたい！」とメリーは大よろこび。「ミュージシャンになるのは、すごく大変なことなんだよ。いろんな苦労があって、ノイローゼになったり、ドラッグをやって落ちこんだり、グルーピーもたくさん来るし、事務所のマネージャーにはあーしろこーしろといろいろ言われるらしいよ。それよりなによりコンサートやるスタッフの人達はもっと大変らしいぜ」とケンがGTRを運転しながらロッキン・オン・ジャパンか何かのロック雑誌で読みかじったことを得意げに喋《しゃべ》っているとき、突然メリーが悲鳴をあげた。ハチにさされたのだ。左の太もものあたりが見る見るうちに腫《は》れ上がった。ケンは急ブレーキで停車すると高速道路の路肩にGTRを止めて、トランクを開けて荷物の中からキンカンか何か虫さされのクスリをさがすのだった。虫にさされてすぐであれば、アンモニア系のぬり薬は、おどろくほどの効果を発揮する。なんとか薬を見つけたケンは大急ぎでメリーの太ももにそれをぬってあげた。すぐにメリーは痛みも腫れもひき楽になった。メリーはケンにキスをした。「ありがとうケン、あなたは魔法使いだわ」高速道路を月夜野インターで降りると、まだ長い道のりが待っていた。アスファルトの道路ぞいには貧困な商店街、そして畑がポツンポツンとあった。それはやがて山道へと変わった。ハイビームの中にイタチかタヌキのような生き物が走った。「あれは野生の動物だぞ！」ふたりはこんな山の中へ向かうのは初めてだった。ドキドキしながら、まっ暗な細い道を登って行った。ふたりは、とても幸せだった。

見知らぬ世界に恋人同士で旅しているのだ。せまいGTRの車内にはもちろんロック・ミュージックが流れている。ふたりのお気に入りのカセットテープだ。メリーが編集したビートルズ、ビーチボーイズ、アニマルズから、テン・イヤーズ・アフター、ジョン・セバスチャン、ジョニ・ミッチェル、ジミ・ヘン、ドアーズ、ジャニス・ジョプリン、ジェスロ・タル……果てはチーフタンズ、アルバート・キング、ジェシー・

ウィンチェスターまで120分テープに信じられないような曲が並んでいた。それをもう、ふたりは何万回くり返し聴いたことだろう。A面のラストは忌野清志郎がブロックヘッズと録音した「レザー・シャープ」、そしてB面頭がイアン・デューリーのいちばん新しい「Mr. LOVE PANTS」である。

山道はうすい霧につつまれていた。もう少し走れば、フジ・ロックのキャンプ地にたどり着けるはずである。この物語の続きはまたいつか機会があればお話しできるだろう。

では、世の中のすべてのケンとメリーとGTRに幸運を祈る。

IAN DURY&THE BLOCKHEADS
Mr. LOVE PANTS　MSI／発売中

イアンのひさしぶりの作品で、ラスト・アルバムになってしまいましたね。日本に来るといつも会ってたし、何回かうちに遊びに来たこともあります。イカれたおじさんでした。サックスのデヴィッド・ペインが昔からの悪仲間で、ふたりがうちでケンカ始めたことがあったんですよ。デヴィッドがガラスのコップをパーンと割って「何だこの野郎！」って、何か言い争ってた。そのコップ、しばらく取っといたけど、どっか行っちゃいましたね。

（＊注）**ウッドストック・コンサート**

１９６９年８月、アメリカ・ニューヨーク州サリヴァン郡で行われた「ウッドストック・フェスティバル・愛と平和と音楽の３日間」は、60年代カウンターカルチャーの集大成として、またヒッピー文化に彩られたロックの「幸福なる時代の象徴」として、もはや伝説となっている。参加者は当初の予想（2万人程度）をはるかに上回り、40万人とも50万人ともいわれる人々が６００エイカー（約２４０ヘクタール）の農場を埋めつくした。周辺道路は大渋滞となり、ミュージシャンたちは急遽《きゅうきょ》ヘリコプターで会場へ。設備や食料の不足など多くの混乱にもかかわらず、人々はみな助け合い、わずかな交通事故を除いて、暴力沙汰《ざた》や犯罪は一切おこらなかった（と語り継がれている）。

このフェスティバルでトリを務めたジミ・ヘンドリックスは、鬼気せまるぐっしゃぐしゃの「アメリカ合衆国国歌（星条旗よ永遠なれ）」で世界中の度肝をぬいた。キヨシローは「君が代」（アルバム「冬の十字架」に収録）の最後のほうで、ちょこっとジミヘンにトリビュート。ちなみにキヨシローの公式ＨＰのタイトルは「地味変」である。

第十三話

最高の一日の始まりに乗り遅れてはなるものか

ああ、いかんいかん。昨夜はつい長電話をしてしまって仕事の〆切《しめきり》を忘れていた。今日までにアイドルくんのために曲を作らなくてはならなかったのだ。しかし、俺はそのアイドルくんをよく知らないので曲のイメージも浮かばないし、何を歌えばいいものやら、資料としてもらったCDも聞く前に紛失してしまったという有様。いちおう聴いておけばアイドルくんの声の音域くらいはわかっただろうにね。

昼ごろにさっそく事務所から曲はできたかと電話があった。俺は風呂《ふろ》の中で「いや、まだだ。今回は大作になりそうだ。たぶん大ヒットまちがいなしだ。何しろ、すごい曲なんだ。俺の最高傑作と言われる曲になるだろう。うん、だから、〆切をもう少し先に延ばしてくれ。あー、それを言いたくて今ちょうど電話しようとしてたところさ」と言った。ふふふ……、これでよし。そもそも今日は曲を作ってるヒマなど始めからないのだ。そんなことに、かかずり合ってはいられん。もっと大切な事が人生にはあるだろう。スタジオにとじこもって音をいじくり回して何になるというのだ。ほどほどにしとくことだな。あんまりムキになっても疲れるだけさ。だいたいアイドルくんになりたがる子供はずいぶん多いらしいが、よっぽど何か自信があるんだろうか？　自分の顔に自信がある子供なんているんだろうか？　だってアイドルって顔が良くなくちゃダメなんだろ？　どんな顔の人だって輝くときは、とてもいい顔だ。どんな美形だって、つまらない人間では、それほど美しくもないぜ。本当にかっこいい奴《やつ》なんて始めから決められてはいないんじゃないのか。演奏と歌手のキーがあそこまであってなくてもだんご三兄弟(＊注)は売れてしまうのだ。本屋（書店）で楽譜まで売られている。昔なつかしいピースというやつだ。俺がガキの頃にはビートルズやベンチャーズのピースが売られていたよ。今では本屋や楽器屋で売られてるのはだんごだけだ。まったくもの珍しいよ。

そうだ、こんな俗世間のつまらん話につき合ってはいられない。そろそろ、俺は出かける準備をするぜ。靴を選ぼう。足元がキマッていれば全てOKだ。流行のでかい靴やゴキブリ色のは御免こうむりたいね。時代は変わったらしいが人間の心なんて変わっちゃいない。もちろん俺があの女を想う気持ちは相変わらずギンギンに強く燃えているぜ。何もこの俺の愛を変えることはできない。ますます強く燃えさかるのさ。

俺はトーレンスのレコードプレーヤーに、33回転のＬＰレコードをのせた。オートマチックのアームが落ちると、流れてきた音楽は、ジャック・ブルースのソロ・アルバム「テイラーに捧《ささ》ぐ」であった。知ってるだろ？　ジャックはクリームのベーシストだった男だ。俺はクラプトン（クリームのギタリスト）よりジャックの方がぜんぜんカッコEと感じる。それは高校の頃からずっとそうなんだ。クラプトンはアイドルになれたがジャックはなれなかった。だが、ホワイト・ルームやスクラップ・ヤードなどクリームの曲の多くでボーカルをとっているのはジャックだ。まあ世間の評価はまちまちである。

俺はそろそろ出かける時間だ。失礼する。まだしばらくは君の近くにいるはずだ。

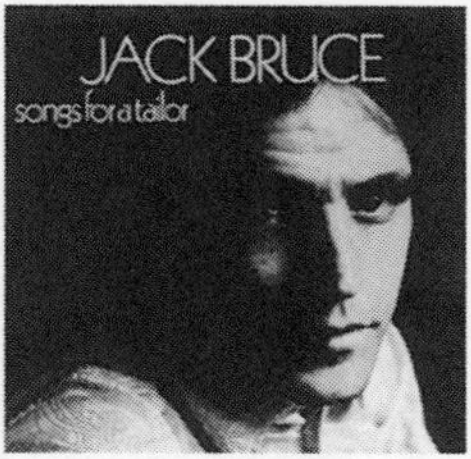

Jack Bruce　Songs for a Tailor　polydor／輸入盤

これはジャック・ブルースの、クリーム後の最初のソロ・アルバムだと思うんですけど、昔よく聴いてたんですよ。クリス・スペディングも参加してます。

僕はクリーム時代はクラプトンよりもジャック・ブルースが唄ってる曲のほうが全然カッコいいなと思ってたんですよ。歌もすごくいいし。このアルバムも、すごくいいっすよ。「ホワイト・ルーム」とかより全然いいですよ。

で……Tailorって、洋服屋さんのことだっけ?

（＊注）**だんご三兄弟**

１９９９年１月、ＮＨＫの子供向け番組「おかあさんといっしょ」の中のオリジナルナンバーとして発表された曲「だんご三兄弟」が大人気となる。同年３月にはＣＤシングルが発売され、発売３日後に２５０万枚を突破する大ヒットとなった。公称出荷枚数累計は３８０万枚。「日本レコード大賞特別賞」など、数々の受賞も。ブームのさなかには、「だんごは本来４個で３個は邪道」などという意見も出る一方、それまで４個だったものを３個にする店やメーカーも現れるなどの笑える騒ぎにもなった。ちなみに、曲は「タンゴ」ふう。だんごとタンゴの語呂合わせであるそうな。

第十四話

5個目のボタンの方が心配だ

メイクの女の子はウーロン茶も飲めないほどのアレルギー体質なんだそうだ。もちろんお酒なんて、とんでもない。「ちょっと、寄っていかないか？　お茶でもどーだい？」って言いたかったけどね。でも、実は俺はずっと5個目のボタンを気にしていたんだ。いつも指でさわっては、ちょっとそのボタンをいじってはまたもとにもどす。この5個目のボタンはすごくバランスがとりづらい。でも、バランスをとるためにはとても必要なボタンなのだ。いいかい？　俺は今やちょっと有名なロック・スターでギタリストでもある人間だ。いやはや、しかし、この5個目のボタンにはいまだに手こずってるって訳だ。

4月だし、5月だし、春だし、木の芽時だし、誰かさんのように自殺でもするにはうってつけの季節だ。でも俺は情けない男じゃない。自分から死ぬのはいやだね。そいつはゴメンだ。だって世の中にはうまく行かないことなんて腐るほどあるだろう？　俺はつまらないことで死ぬ人間じゃないんだ。そーいう人間じゃなかったから今でも生きて歌を作っては歌ってるっていう訳だ。それでいいだろ？　こういう人間もいるってことさ。トシをとっても60才になっても自殺をする若者よりも生きていて歌を作っては歌ってるってことだよ。だいたい、ふざけるんじゃねえよ。情けないぜ。俺のオヤジとオフクロはもういない。でもカンケーないんだよ。俺はもらいっ子だった。俺は本当のお母さんの顔も覚えていない。でもカンケーないんだよ。そんなことはどーでもいいんだ。僕はひとりぼっちじゃないんだ。なんで死ぬ必要があるんだい？　しっかりしろよ。もっと、ちゃんと考えた方がいいぜ。俺が言えるのはここまでだ。この季節は自殺をする奴らが多いってことさ。俺はギターでも弾いて、ぜんぜんカンケーない新しい歌でも作ろう。誰にも聞こえない歌をね（ここはちょっとクルト・ヴァイルが入ってるかな？）。スタッフもマネージャーも評論家もいまだに誰も気づかない音楽を君に届けよう。しかしぼくは、いつもこうやって、くだらない文章を書いているけど本当にみんなに言いたいことは自分から死ぬ必要はないぜっていうことなんだ。いいかい？　自分で自分を殺すことはないぜ。どうせ、いずれ俺達は死ぬんだ。誰でも時がくれば死ぬんだよ。

俺はその時まで、リッケン・バッカーの5個目のボタンがとても心配だ。リッケン・バッカーは日本ではやけにビートルズの使っていたギターということで有名だが、もともとはドイツだ。たぶんナチスを逃れてクルト・ヴァイルといっしょに船でアメリカに逃れたのだろう。クルトとリッケンは共にアメリカで自由を手に入れたのだ。全部俺の想像だがね。リッケン・バクハーはアメリカ式にリッケン・バッカーに変わった。これは事実だ。なぜか俺はリッケン・バクハーのギターを持ってる。ピック・ガードに魚の絵が描いてあるやつだ。すげえいい音を出す。ぶっとい三角のネックのギターだ。戦争はいけないよ。ＮＡＴＯはいったい何をやってるんだい？ 政治家以外の人々は誰も戦争で死にたくなんかないんだよ。友達を裏切る奴なんて最低なんだぜ。自殺はやめろ。生きろ。

失礼する。僕はいつも君の近くで歌を作っては歌っているはずだ。

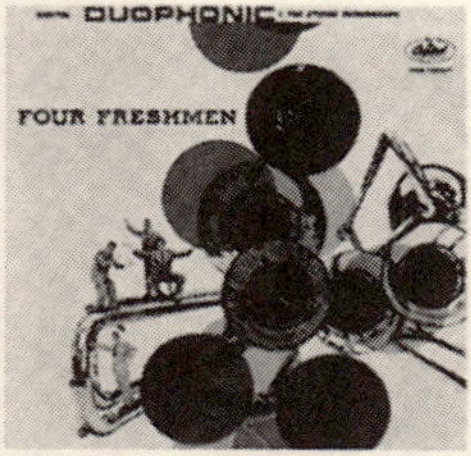

FOUR FRESHMEN
FOUR FRESHMEN & 5 TROMBONES　Capitol／輸入盤
これは、えーと、'70年代かなあ？ よく聴いてたんですよ、昔。たまたまラジオか何かで聴いて買ってみたら、すごい良かったレコードですね、これは。フォア・フレッシュメンはヴォーカル・グループっていいますか、ハーモニーがすごいっすよ。リズムがあるハーモニーっていうか。アルバムは、たぶんトロンボーンがいっぱい入ってるやつじゃないですかね。それからクルト・ヴァイルの曲が入ってるんですよ、これには。

第十五話

本当に必要なものだけが荷物だ

旅の仕度をしなくちゃな、そろそろ出発の時間だ。シャワーを浴びてる間にそっと立ち去ってくれ。いいね、このことは誰にも言ってはいけないよ。他言は無用だ。心の中にしまっておくんだな。その方が美しい。いつかまた会おう。

俺は旅慣れているから、あっというまに出発の準備は完了だ。本当に必要なものだけが荷物だ。そうさ。これは俺みたいな旅人だけに言えることじゃない。すべての奴らに言えることだ。もう一度言おう。本当に必要なものだけが荷物だ。ふふふ……我ながらいいフレーズだ。何か深い意味を感じるぜ。ブルースの一節みたいだ。音楽評論家のみなさんがインタビューで必ずつっこむんだろう。「キヨシローさんにとってそれは何ですか」なんちゃってね。まったく目に見えるようだ。雑誌のインタビューにラジオ、テレビ、プロモーション・ビデオ。20年くらい前から、こんなシステムが出来上がったのだ。そうさ、システム化すれば、わかりやすいし、楽だからな。世間知らずのガキどもがその時の気分でお気に入りのタレントを選ぶというわけだ。そうして評論家や編集者はまるで自分が若者文化を作っているような気分で高級外車に乗ってブクブク太っていくというわけか～。うーむ、暗い話のように聞こえるかもしれないが、漫画のネタとしてはけっこういけてるぜ。失望して死んじまう奴もいれば、成金になる奴もいるという、安っぽいTVドラマのような現実か。うーむ、やはりサイケデリックとかシュールが必要になってくるな。ソウルとロックン・ロールもだから大切なんだ。そうだ、やっぱり俺のギターが必要だ。俺が自分で弾いた方がいい。うまいギタリストや、高いギタリストや早いのや売れっ子を呼んでも知れてる。俺ほどカッキ的な奴はいない。だって本当に俺の知り方でサイケデリックやR&Bを知ってるのは俺だけなんじゃないのか。つまり、ソウルフルとサイケが同じだと感じてるのは俺の音楽に関しては俺だけなんじゃないのか？

俺だけの問題じゃないと思うな。君が誰かに頼んでも100％真意は伝わらないだろう。自分でやるしかないんだよ。失敗したって、それなら納得がいくというものさ。誰かにしてやられて失敗して責任だけかぶらされるのはもうゴメンだ。

うーむ、それにしても今度の俺のソロ・アルバムはかっこいい。早く君にも聴かせてあげたい。何度聴いてもかっこいい、だからもっと聴きたくなってしまうんだ。何か今までとはちがうんだ。この感じを早く君にも感じて欲しい。同じ快感を得られるなんて、とても素敵なことだ。ああ、早く君にも聴いて欲しいよ。待っていておくれ、もうすぐだ。いつか晴れた日に君に届けられるだろう。ごく近いうちにね。タイトルを見て君はすぐにOTIS REDDINGの「KING&QUEEN」のアルバムを想い出すことだろう。そう、「ラヴィーダヴィー」っていう歌が入ってる、あのアルバムだよ。ラヴィーダヴィーとは恋人同士のことなのだろう。スタジオに入って、その場で作り上げたような勢いのある作品だ。

よーし、もう一度だけ言おう。君に伝えよう。「本当に必要なものだけが荷物だ」ってね。

それでは、ごきげんよう。出発の時間だ。またしばらくしたら君の近くに帰ってくるだろう。

OTIS REDDING & CARLA THOMAS
KING & QUEEN　ATRANTIC／輸入盤

オーティスが、ルーファス・トーマスの娘のカーラと一緒にやってるんですけど、すごいっすよ。もう一挙に作り上げたかのようなアルバムですね。そういえば僕がメンフィスでMG'Sとレコーディング（＊注）してる時に、カーラが見に来たんですよ。MG'Sが全員集まってるって聞いたみたいで、うれしかったっすね。でも紹介してもらったけど、あまり話さなかったな。この中の「LOVEY DOVEY」という曲からラフィータフィーっていうバンド名をつけました。

（＊注）**メンフィスでのレコーディング**

1991年9～10月、メンフィス、アージェント・スタジオでソロ・アルバム「Memphis」（92年発売）のレコーディングが行われた。セッションの相手は、オーティス・レディングとの共演でも有名な伝説のソウル・バンド、ブッカー・T&ザ・MG'S。キヨシローは、まるで古巣に戻ったごとく、ごきげんにシャウトしている。プロデュースはMG'Sのメンバーでもあるスティーブ・クロッパー。

第十六話

続・ケンとメリーとGTR

さて、ケンとメリーとGTRは夜明け前にフジ・ロックのゲートをくぐった。スタッフの青年がキャンプ場への道を教えてくれた。「やっと、たどり着いたぜ」ケンはGTRのコックピットから降りて伸びをしながら言った。なんだか誇らしい気分だった。メリーも嬉《うれ》しそうだった。エンジンを切られたGTRはプスプスプスンと言って熱くなった体を休めることができた。そう、ふたりとGTRは今、目的地にたどり着いたのだ。あたりを見回すと夜明け前の闇の中にもうたくさんのテントが立ち並んでいた。明日の夜にはこの何倍もの色とりどりのテントが乱立するのだろう。ウッドストックやワイト島(*注)のような光景がふたりの目の前に映るはずだ。とりあえず二人は闇の中でテントを張る。懐中電灯をたよりにすみやかになるべく音を立てずにと気を使いながら。するとその時強い光が二人を照らした。「おーい、どこから来たんだい？　手伝ってやろうか？」「うっ、まぶしい。なんなの、これ……？」メリーはおどろいてケンに抱きついた。近くのテントから、そのまぶしい程のライトを持った男が出てきた。「こんな夜中にやってくるなんて、そうとう遠い所から来たのか、それともポンコツのクルマなのか、ヒッチハイクかカケオチだろう。どうせ金も持ってなけりゃ、明日のアテもないってところかい？　はっはっは……そうだろ？」ケンとメリーがあっけにとられたのは、その男の言ってることのいくつかが当たっていることもあったが夜明け前という時間にしては、その声があまりに大きく通る声で、まるでその土地の主のようなひびきをしていたからだった。おどろいたことにその男はふたりを差しおいて、あっという間にテントを張り寝床の準備をして「ここで、ゆっくり眠れ」と言うのであった。

ケンはあっけにとられながらも「あ、ありがとうございます。あの、あの……えーと……」つまりケンは（メリーも）「あんたは誰？」っていうことが知りたかったのだが、どう言っていいのか、ちょっとわからなかった。誰でもそうだが若い頃はそんなものだ。本当に知りたい事が言葉づかいだの礼儀作法にふり回されてしまうのだ。そして強い風が吹いて、その男は何か言ったのだが聞きとれなかった。男は闇の中に消えて行った。「誰なの、あの人？」とメリー。「うーむ……。まあ、今夜はもう眠ろう。早く中に入れよ」とケンは言ったが、このテントは自分が張るより、ぜんぜん本格的だなと感じていた。その短い夜にふたりが愛し合ったのは言うまでもない。小さな音でロックの名曲が流れていた。川の流れか山から吹いてくる風の音にかき消されながらもメリーには、その声が聞こえた。いったい、どこから流れてくるのか、もう、ふたりにはわからなかった。その声はジョニーが戦争に行ってしまう。ジョニーが行くのなら私も髪の毛を短く切って男に変装して、いっしょに兵隊になって、ついて行くと歌っていた。ジョニーは兵隊になって戦場に行ってしまう。こんなに愛し合っているのに、なぜ私たちは引きさかれなくてはいけないの？　メリーは泣きながら眠った。自分の幸せとその歌の内容とに耐えられないほどのギャップを感じながら。この話の続きは、またいつか機会があったら、お話しできるだろう。おやすみ、ケンとメリーとＧＴＲ。

PETER, PAUL&MARY
BEST OF P. P&M　ワーナー／発売中

10代の頃、ベンチャーズのあとにファンでしたね。すごいっすよ、この人たちは。

反戦歌が多くて、ボブ・ディランの曲もよくやってたし。

それからアメリカがいつもメキシコと国境あたりで揉めてんですけど、そのことで抗議してホワイトハウスでデモやって、よく捕まってたんですよ。

歌だけじゃなくて行動も反体制派なんですよね。あまりそうは見えないけど、ほんとは硬派な人たちなんです。でも昔はハゲてなかったのにな（笑）。

（＊注）**ワイト島**

英国南東部、イギリス海峡のワイト島でもロック・フェスティバルが行われた。とくに「伝説のウッドストック」の翌年、1970年に開かれた「第3回ワイト島ロック・フェスティバル」は4日間で60万人という大動員となったが、「フリー（無料）」を求める観客が暴徒化。主催者側およびスタッフの不備ともあいまって、出演ミュージシャンをも巻き込む大混乱に。「愛と平和という共同幻想」の危うさを露呈する結果となってしまった。ドキュメンタリー映画「ワイト島1970」には、これらの様子がリアルに記録されている。

なお、ボブ・ディランのアルバム「セルフポートレイト」収録の「ライク・ア・ローリングストーン」（バックはザ・バンド）は、この前年、「第2回ワイト島ロック・フェスティバル」でのライブ。観客席にはビートルズやストーンズのメンバーもいた。

第十七話

雨の日のカー・ウォッシュ

まさか雨の日に洗車に行く人間はいないだろう。雨は一見クルマの汚れを洗い流してくれるように見えるが、そうではない。雨があがってクルマが乾いてみればわかる。自然の営みに人々が畏敬《いけい》の念を禁じ得ないのは、このように文明が発達した現代でも変わらず、ゆるぎのない事実なのである。つまり誰も空から降ってくる雨を止めることはできないし、日照りの土地に都合よく雨を降らせることもできないのだ。インターネットが流行し、1200万人もの人々がEメールとやらのやりとりをしていても、勘違いしてもらっては困る。どんな金持ちでも権力者でも朝が来るのを止めることはできないのだ。もしも明日の朝が来なければ、俺は最高傑作をいくらでも作ることができただろう。年もとらなくて済んだはずだ。

さっき、アフロ・ヘアーの私のマネージャーから電話があって、「明日はラフィータフィーのリハーサルですけど、その前にボスの黄色のベンツを洗車したいのですが……」と言うのだ。クルマ雑誌の取材が入ったらしいのだ。「誰が洗車をするのだ」

と問うとアフロ・ヘアーが自分でやると言うではないか。

「お断りいたす。お前のそのアフロ・ヘアーで洗車されてはクルマが傷む。俺は行きつけのガソリン・スタンドでいつも手洗いでやってもらってるんだ。そんなパーマで傷んだお前のアフロでこすられちゃたまらん」と言ってやった。しかも明日は全国的にどしゃぶりの雨だと天気予報が告げているではないか。するとアフロ・ヘアーは「じゃあ、僕がそのスタンドにクルマを運転していって、手洗いでやってもらいますよ」と言うのだ。「おまえ笑わせるぜ。土砂降りの雨の中を洗車して帰ってくるのかい。うむ、しかし、それはなかなかの変わり者だな。俺のシュミとしては悪くはない。よし。たのむ。行って洗って来てくれ。そいつはおもしろい。お前にしかできないことかもな」その日、アフロ・ヘアーは俺からクルマのキーを受け取ると張り切って洗車へと出かけて行った。雨はこれでもかという程の降り様だった。そもそもクルマが汚れていることを恥じる必要はない。汚れた理由があるなら、クルマの汚れは勲章のようなものだ。イギリスやドイツに行ってみろ。ピカピカに洗われたクルマに乗ってる奴なんて一人もいないぜ。日本人だけだ。クルマにも抗菌塗装でもするんだな。

俺は１９７８年製のメルセデス・ベンツを今でも自分の足として使っているんだ。汚れていて当たり前だろう。ギター・コレクターじゃない俺のギターが傷だらけなのと同じさ。21年前のカーステレオはとてもいい音がする。まるで真空管のアンプみたいな音がするぜ。最近ではいつもそこでラフィータフィー(*注)を聴いている。窓を開けて風をいっぱいに吸い込んで俺の傷だらけのギターがいい音を出していて、最高のソウル・シンガーの俺が思いっきりシャウトしてるってわけだ。真実の叫びが聞こえるぜ。

それでは、失礼する。クルマをやたら洗うな。たま〜に洗ってやる方がいい。洗うってことは傷つけてることでもあるんだぜ。君の大好きなTシャツのことを想い出してみろよ。きれいに洗うたびにヨレヨレになっていっちまった、あのTシャツだ。外見をきれいにして何になる。中身をみがく方が大切なことなんだ。それは世界の平和の第一歩なんだよ。

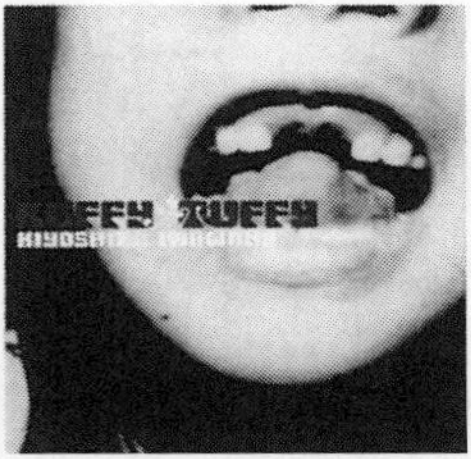

忌野清志郎
RUFFY TUFFY　ポリドール／発売中
これは竹中直人くんとの映画音楽用に作ってたやつなんですけど、そのまま映画はポシャッちゃって、急遽ソロ・アルバムとして出したんですね。フジ・ロックのテーマ曲が入ってるのは、主催のＳＭＡＳＨから依頼されたから。
“キャンド・ヒートの「田舎へ行こう」みたいな曲を作ってくれ”って言われたから、そのまんまのタイトルで（笑）。ジャケットは僕がポラロイドにハマってる頃に撮ったんですよ。娘の歯が生えかわる頃でね。

（＊注）RUFFY TUFFY
ぽしゃった映画は竹中直人、キヨシロー、真田広之、奥田瑛二がバンドを組むというロードムービーになる予定だった（監督は竹中）。「ラフィータフィー」は映画の中のバンド名だが、このアルバムにおいては、ソロアルバムのタイトル。その後、藤井裕、上原ユカリと組んだ“実際のバンド名”となった。ラフィータフィーの由来については本文80～83ページ「OTIS REDDING&CARLA THOMAS」の項を参照。

第十八話

五十年以上も戦争の無かった国に生きている

せちがらい世の中でござる。「日の丸」「君が代」の問題とは、いったい何なのでござろうか。白地に赤丸、よいではないか。良いデザインではないか。ちなみにバングラデシュの国旗は緑地に赤丸でござるが、拙者はこの旗もとても好きでござる。まるで色盲テストのようだが素晴らしい旗である。

思えば日の丸というものはかわいそうな旗でござる。悲惨な歴史を背負わされてしまった。戦争によって色々な意味が生じてしまったのでござる。「君が代」も同様だ。あの意味不明の歌の出だしの「君」という言葉に関して、政治家どもが国会で議論をしておるとは……、何ともくだらぬことだとは思わぬか。問題はそんなちゃちなことではないわ。音楽の問題ではないのか？　いや、歌の問題ではないのか！　歌としてどーなんだ、と言うことだ。子供がきいても意味がわかるのか、現代人にとって何を言っとるのかわかるのか、歌としていい歌なのか……そのような議論がなされるべきではござらんのか。だいたい「君」という言葉を聞いて、天皇を想う人間がどれほど存在するのであろうか。「君」は「あなた」である。「You」である。ほとんどの日本人はそのように解釈しておるのだ。「君が代」の歌詞を英訳してみればよい。Your GenerationとかYour Worldとか……どうせ、そんなもんだろ？　そのことは想像してごらん、つまりラブ・ソングにもなりえるということだ。

人々はかくも過去の史実に翻弄《ほんろう》されるものなのであろうか。しかも百年以上も法制化されていなかった旗や歌をなぜ今法制化(＊注1)しようとしてるのかもわからん。五十年以上もの間、戦争の無かった国は世界でも珍しいのだ。その点だけでも日本はすばらしい国ではないか。百年でも二百年でも戦争なんかするべきではない。そろそろ戦争で儲《もう》けたい奴が出てきているのか？　なにしろ不景気だからな。軍需産業はそうとう儲かるらしいからな。なぜ今法制化したいのだ？　俺が歌ってやろうか？

巷《ちまた》にある歌を俺がどんなアレンジでどんな歌い方をしようが自由だろ。まさかそのくらいの自由はゆるされているんだろうな。俺はロックン・ロールとリズム＆ブルースしかやったことがないんでね。はっきり言っておこう。俺はこの日本に生まれて、ずっとこの国で育ってきた。日本国籍を持っていて国民年金も払ってる。脱税もしてない。話すのも考えるのも日本語だ。日本文化に敬意をもってる。俺の好きなロックやブルースを歌ってもいいんだろうな？

俺が「君が代」を歌ってRCサクセションの「COVERS」の二の舞になったらお笑い草だぜ。これはますます歌いたくなってきたな。

各地で「君が代」の公聴会とやらが催されているらしいがヤラセみてえだな。それで民主主義のつもりなのか。ひとつの歌がシングルとして、どのくらいのパワーがあるのか、いつも俺達は考える。レコード会社もプロダクションもバンド・メンバーも作家も音楽と歌について議論をするんだ。それが当たり前のことだろう。だが、公聴会とやらには音楽家の顔ぶれが見られない。ひとつの歌を国歌にするのかどうかという議論に音楽家が参加していないのは、これまた不可思議なものではござらんか? 旗や歌に関してはデザイナーやミュージシャンの意見を聞くべきではないのか。〃かたはらいたい〃とはこのことじゃ。では今回はこれにて失礼いたす。

RCサクセション　COVERS　キティ／発売中

もう怒ってましたねえ。情けなくて頭来ちゃいましたね。音楽業界が独立してない感じがして、〝何で!?〟っていう。もともとはこの前の「マーヴィー」に核のことを扱った曲がありまして。それをヒントにプロテスト・ソングをやってみたくなって。ちょうどその時期オープン・チューニングにハマってて、昔の曲をいっぱい思い出して練習してたんですよ。それで〝もう一枚作ろう〟ってなったんですけど、そしたらあんなことに……（＊注2）ねえ？

（＊注1）**法制化**

1999年2月、広島県の県立高校校長が、卒業式で「君が代斉唱」を「完全実施（＝強制）」するか否かについて各方面からの異なる主張の板挟みに悩んだあげく自殺した。この事件をきっかけに、長年のくすぶりが一気に炎上。「君が代」を「国歌」として、「日章旗（日の丸）」を「国旗」として明確に法制化せよ、という動きが活発化した。けんけんがくがくの議論となるも、結果として衆院、参院ともに可決。同年8月13日に「国旗および国歌に関する法律」が公布、即日施行された。

「法制化」されようがされまいが、「歌」は「歌」なんだろう？　というキヨシローのアプローチには、右も左もけっとばす、シンプルにしてラディカルな凄味《すごみ》がある。

（＊注2）**あんなことに……**

1988年6月22日、東芝EMIはRCサクセションの新アルバム「COVERS」と、先行するシングル「ラブ・ミー・テンダー／サマータイム・ブルース」の発売中止を新聞に告知した。発売予定日はアルバムが8月6日（1945年に広島で原子爆弾の人体実験が実施された日）、シングルにいたっては6月25日という「ドタキャン」である。その理由いわく「上記は素晴らしすぎて発売できません」。この前代未聞の「告知」に、世は騒然。R

Cサクセションおよび「COVERS」は、いきなり「社会面」を賑《にぎ》わすこととなる。

発売中止決定の理由は、いまもって公式には明らかにされていない（ということになっている）が、「原子力発電」に対する痛烈な批判と疑問、さらには（これこそがキヨシローのメッセージだったと思われるのだが）より本質的な「反核」のメッセージが東芝EMIの「親会社」（もしくは、そのもっと上）の逆鱗《げきりん》に触れたのではないか、ということは、想像に難くない。当時は、86年の「チェルノブイリ原発事故」以降、国内でも「反原発」のムーブメントが一気に盛り上がっていた。

紆余曲折《うよきょくせつ》の末、アルバム「COVERS」およびシングル「ラブ・ミー・テンダー／サマータイム・ブルース」は同年8月15日（敗戦記念日）キティ・レコードから発売。「COVERS」は爆発的に売れ、オリコン・チャート1位となった。

ちなみに、同年12月に東芝EMIから発売された「コブラの悩み」は、そのほとんどが8月14日（つまり「COVERS」発売前日）の日比谷野外音楽堂におけるライブテイクだが、1曲目の「アイ・シャル・ビー・リリースト」でキヨシローは、そうとうに怒っている。「東の島（ひがしのしま＝日本列島のこと）」という歌詞を「ひがしのしば（＝東芝）」と、うたってしまうくらい。

第十九話

オレンジをさがしに……

道ばたで誰かが「君が代」を歌っていた。そのアレンジはパンク・ロックであった。その昔「君が代」をポップ・ジャズ風にアレンジして生徒に歌わせた教師がクビになったことがあった。時代は少しは変わったのか、道ばたでパンクの「君が代」が歌えるなんて――そんな事を想いながら通りすぎた。あれはエンドー・ミチローかイマーノ・キヨシローかマチダ・マチゾウか……たぶん、そのへんの人だったと思う。

僕が電車に乗るころには、そんな事も忘却のかなたへ飛び去った。だって今日はオレンジをさがしに行くんだ。知る人ぞ知るあこがれのオレンジ。それはイギリス産のとても甘いオレンジなのさ。それを手に入れるんだ。今、俺の懐には札束がうなってるんだ。万札が何十枚もうなってる。オレンジを手に入れるための金さ。駅を降りて人の良さそうな若者に声をかけ「オレンジはどこで売ってるんですか？」とたずねた。彼は「知らねえのか、おっさん。そのへんの八百屋で売ってるだろ」と冷たく言いはなった。この若者は何もわかっていなかったのだ。仕方がない。「そうですか。ありがとう」と答えて私は立ち去るしかなかった。しばらく行くと、まるで藤井裕（有名なベースマン）のような佇《たたず》まいの老人が生け垣に腰を降ろしていた。「失礼します。道を教えていただきたいのですが……」と声をかけた。老人は耳に手を当てて「もっと大きな声を出しなさい。若いのに、そんな小さな声とは情けない」と言うので大きな声を出してもう一度、同じ事を聞き返した。すると老人はまた耳に手を当てて「だから、もっと大きな声を出せと言うとるのがわからんのか。これだから若い奴らはダメなんだ」と言うのであった。仕方がない。僕は手を振って立ち去るしかなかった。

もちろんおじぎもして。オレンジを手に入れるのがこんなに困難だとは思ってもみなかった。この町にあることもわかってるし充分なお金も持っているのに……。

いろいろな人に声をかけた。でも誰もが「八百屋だろう」と言うのだ。もちろん八百屋にも行ってみた。オレンジの値段をたずねられたので用意してきた金額を言うと「そんなにたくさん買うのか」と言って困惑していた。いやいや、ちがうんだ。一つでいいんだ。このお金では一つしか買えないんだ。そう言うと、みんなが「もういい、向こうへ行け」と言った。仕方がない。何て町なんだ。不思議なところに迷いこんでしまったのか……？

疲れ果ててトボトボ歩いていると「Soul To Soul」のレコードがどこからか聞こえる。おお！　つまり、それだ。アメリカのR&Bがルーツのアフリカに行って演《や》ったコンサートだ。映画にもなった「ソウル・トゥ・ソウル」。観《み》たことがあるかい？ ステージで使われていた、あのギター・アンプだ。ああ、君にもわかるかな、あの音のことなんだ。

僕はその音楽の流れてくる方へと走り出した。レンガ色のビルの地下から、その音は流れ出していた。「やった。ついに見つけたぞ。ここだ！」階段を地下へと駆け降りた。そして「オレンジをください」と言って札束を投げ出した。店のオヤジはうれしそうに笑って「あるよ。オレンジね。たった今、入荷したばかりさ」と言った。こうして僕はオレンジを手に入れたという訳だ。

では失礼する。僕はこうして、いつも君の近くを歩き廻っているのさ。

V. A.
SOUL TO SOUL ATLANTIC／廃盤
これは映画のサウンドトラックでもありライヴ盤でもあるんですけど、アトランティックのアーティストがアフリカ行ってコンサートやるんですよ。アフリカに行く飛行機の中からずっと撮ってて、現地の人とかと一緒に演るんですけど、最後にウィルソン・ピケットが唄うの。ステイプル・シンガーズとかアイク＆ティナ・ターナーもカッコ良かったですよ。〝ソウルのルーツに帰ろう〟というのが流行だったたんじゃないですかね。

第二十話

宇宙飛行士の友達

柑橘類《かんきつるい》をさがしている男に声をかけられた。私は近所の八百屋への道を教えてあげた。男は丁寧に礼を言って、その道を歩いて行った。私はその後ろ姿を見ながら、ふと「どこかで会ったことのあるような人だな」と思った。うーむ、どこかの誰か、そんな人に似ていた。

さて、両親のお墓参りにもずいぶん永い間行ってない。働きずくめでお盆だのお彼岸だのと、のんきな事は言ってられなかったのだ。天国の父と母よ、こんなにアクセク働いている私はどのように見えますか？　そこから見る私は、どんな人間に見えるのでしょうか？

二人が居なくなってから、もう何十年の歳月が過ぎただろう。未《いま》だに夢に出てくる父と母。いつも忘れた頃に私の夢の中にやって来る。悲しい夢はめったに無い。いつもきっと楽しげな夢。まるで子供の頃の記憶のような、とてもあったかい夢が多い。淋《さび》しい気持で夕暮れの道を歩いているのに心の中では、いつも夢を見てるような、夢の中で夢を見てるような不思議な不思議な出来事。それはフロイト的な医学的な脳の話では終わらないだろう。もっとある種、宗教的なもののような気がする（私は無宗教で、どの教団にもいっさい属してはいないし、属したくもない）。魂のようなもの。科学では永遠に解明されないこと。正にそのものである。

宇宙にはそれほどでもないが宇宙飛行士にはとても興味がある。もし宇宙飛行士と友達になれたら、いろんな事を聞いてみたい。何を見てきたのか知りたい。宇宙人を見たのか、地球を外から見たのか、星を見たのか、何を見たのか。いったい君は何を見たんだい？「それは君が宇宙に行って見てみればわかるよ」って言われそうな気がする。「世紀末だとか2000年だとか21世紀だとかで浮かれてる奴等なんかどーでもいいだろ？　相手にすんなよ。君は君自身に浮かれてる方がいいのさ。その方が本物だぜ」くらいは言ってくれるかも知れないなァ。

もしも、宇宙飛行士と友達になれたら、野球選手と友達になれた時のような感動があるだろう。

そうだ、アストロノーツかベンチャーズの音を聴きたくなった。'60年代の宇宙ブームの頃のエレキ・ギター・サウンドだ。あの古き良き時代のインストゥルメンタルのロックン・ロール。ああ、すばらしい！　無性に聴きたくなってきた。今からレコード倉に行ってさがしてみよう。

僕は倉へと急いだ。裏木戸を開けて夜道を早足で進むと遠くでサイレンの音が聞こえた。そのとき、つっかけの鼻緒がプツンと音を立てて切れた。「何てこったい。参ったぜ」僕は得意の江戸っ子口調でそうつぶやいたが、どうする術《すべ》もなく鼻緒の切れたつっかけを懐にしまうと足袋のまま先を急いだ。途中、白い着物の辻斬《つじぎ》りが人を二人ほど斬っていた。「ひどい奴だ。人を殺すなんて」と思いながら僕は走った。レコードを見つけたら、奉行所に連絡しよう。それにしても、この国は恥ずかしい国だ。政治家が数の論理だけですべてを決めてしまうんだ。こりゃあ21世紀には戦争が始まるぜ。おちおち夢も見ちゃいられねえぜ。みんなが音楽を愛していれば、こんなことにはならなかったのにな。クソみたいな商業音楽が流行してやがる。奴らの耳は腐ってるよ。ちきしょー、早くアストロノーツかベンチャーズのレコードを見つけなきゃ……。

THE VENTURES　VENTURES IN SPACE　東芝／廃盤
もう、この人たちが日本にエレキ・ギターを流行らせたようなもんですからね。僕もよくカバーしてたし。で、これはなんか妙なジャケットですけど、ベンチャーズのジャケットにしては、すごくいいほうですよ。「トワイライト・ゾーン」とか、そういう曲ばっかりなんですよ。アメリカとソ連でロケットとか、宇宙開発で競っていた時代なんですよね。でもまあ、よく聴いてみると〝どこが宇宙なんだよっ！〟って感じですけど(笑)。

335トリニロペス、モデル
ギブソン・色↓赤
夜のギター
↑ぬこ

作者特有の表現である。筆の早いタッチで今回も描きなぐっている。筆も早いが酒にも弱い。女にはもっと弱い。夜は早いが朝は遅い。これらも作者特有の表現である。

おおお
ぬぬぬ
おぬしはぬおぬおぬおぬ
おぬおぬおぬおぬ
おぬおぬ
おぬ…おぬおぬ
おぬおぬし!
おぬおぬおぬおぬし
本気で
そのような
ははっ!
しかと、まことにござりまする。
その者ヨーシローの弟子にて
コ、コンビニ屋の……
おももが申しておりました
忌野清志郎がソロ・アルバム出すらしいよ
8月にねーっ。
タフィーいまわの

申しておるのか!
だいだいどこのどいつが
そのようなことを
言っておるのだ。
おまえがウソをついて
ないのであれば
その者の名を
申してみよ。
イベントに
もたくさん出る
だんさ。
でもしこんどのは
めっちゃカッコええで〜
鼻血でてるぞ
がんばれ!アフロ之助・外伝II

新しい作品である。劇画を愛する作者ならではのストーリー展開だ。だいたんなタッチで描かれている。現代ではこのような作品が甚だしく失われて、コギレイでお上手な無個性な絵ばかりになってしまった。作者に激励のお手紙を出そう。

ロックンロール研究所
©イマーイ
'99

おそらく安土桃山か江戸時代初期であろう。一人の若い武士が南蛮渡来の楽器を持っているところである。この武士もその子孫も明治維新まで、その音楽を認められなかったのである。哀しくも感動的な名画である。

おのおのがた、その耳の穴をかっぽじって聞いていただきたい！
江戸表より密書がとどいた
よいか！
それがこの密書である。
ハハ〜ッ！
ザワザワ

貴重な作品である。ロリータ18号の名ギタリスト、SGの女王、エナゾウとの合作である。時代設定を江戸時代とし武士の社会を描いているところが興味深い。

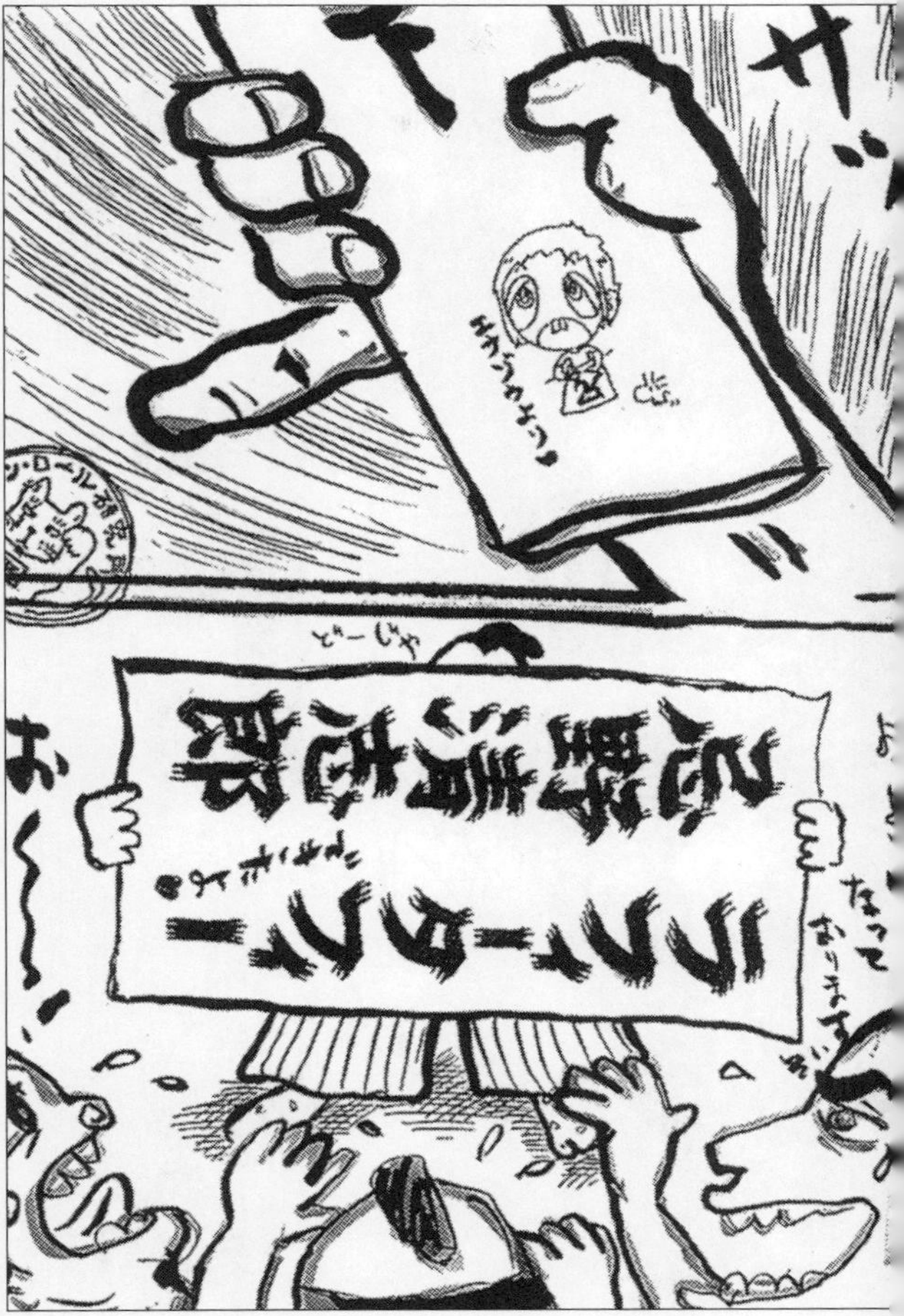

たんげ

丹下左膳が大ヒットナンバー「ＱＴＵ」を今まさに歌わんとしている場面である。うしろのドラマーはラフィータフィーの上原ゆかり氏であろうか。片目片腕というハンデを背負いながらもみごとにステージをつとめあげる左膳の姿に人々は勇気を与えられたという。作者はするどいタッチで左膳の人間性を描き切っている。

BY マクロえ助
なめてんなあ

弟子がクルマを洗っている。その描写はみごとである。弟子の気持ちまで汲み取れるような名作である。クルマは'70年代のベンツかシトロエンか……弟子にはあまりこのクルマの価値はわからないようである。

白地に赤い四角が描かれている、前衛的な作品である。モノクロームの世界では赤は黒あるいは灰色になってしまう。この絵を見て、人々が何を感じるのか、……それは自由である。

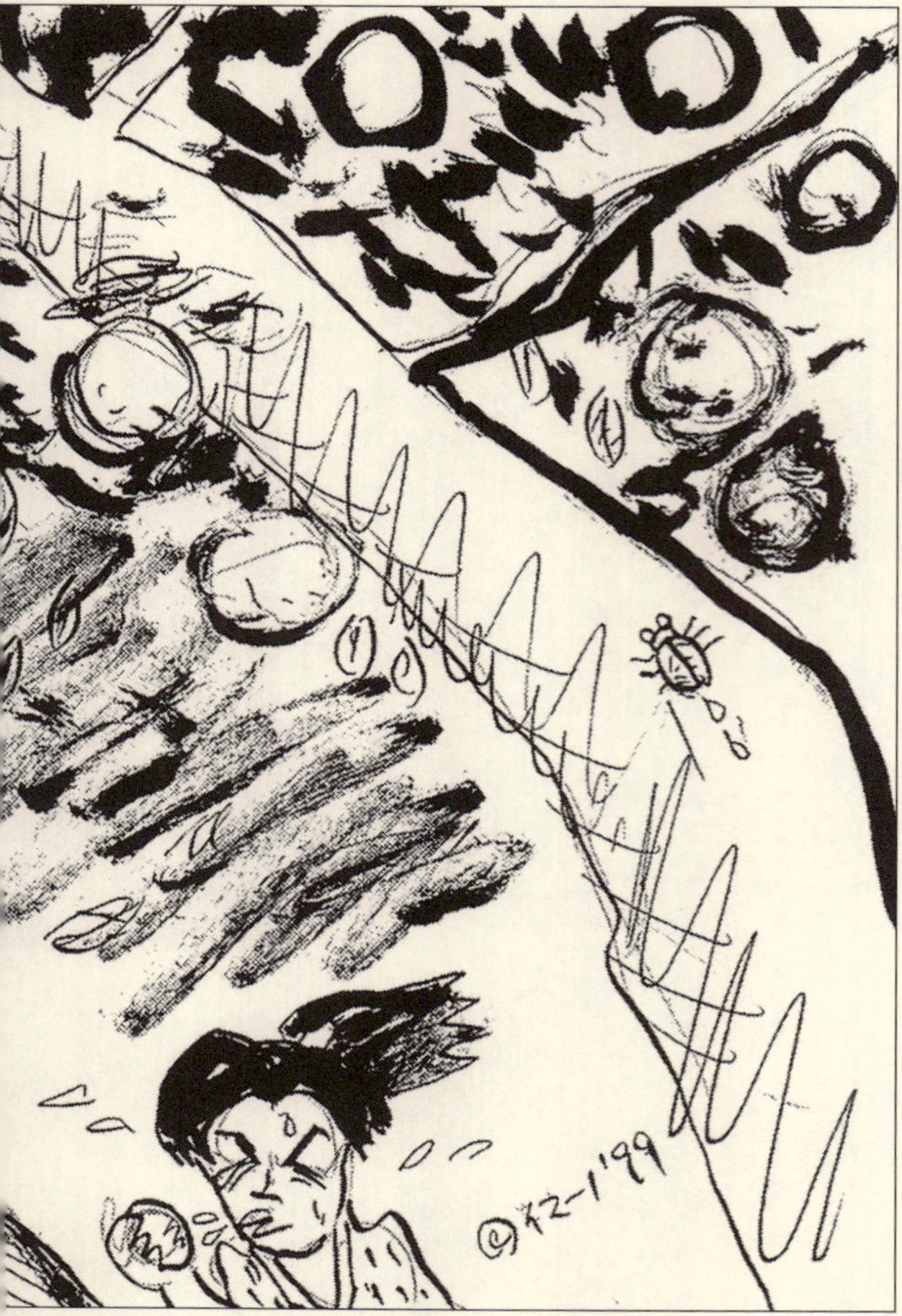

かつて下北沢のジャニスと言われた金子マリが夏みかんをとっているところである。初めて食べた子供のころ、そのしょっぱさにびっくりした夏みかん。夏の柑橘類の王者である。

宇宙の浮遊物を調べる宇宙飛行士が描かれている。どうやら手にしているのは歪んだギターのようだ。このギターがどのように宇宙に放り出されたのか21世紀も近い現代でも大きな謎につつまれている。

温当りingコンサート
まで"
(日)
忌野清志郎
田島貴男
©イマーノ'99

8月の最終日曜日に秘密裏に行われたコンサートの模様を描写した絵である。鹿児島の温泉地ではよくこのようなコンサートがあるらしい。

第二十一話

ラフィータフィー ついにステージ・デビュー

いやー、参ったなー、初ステージがフジ・ロックかよ。ラフィータフィーの四人は確かに素晴らしいアルバムを発表したけど、ライヴはやったことがないしなー。一応クラブQUEとクラブ・チッタに飛び入りで公開リハーサルはやらせてもらったがね。まあ、いいか、これも人生経験というやつだ。何とかなるだろう……。そんな感じでラフィータフィーの三人は苗場に向かって行った。あ、もう一人のメンバー、ジョニーはフジ・ロックのスタッフとして、三人よりも早く苗場入りして働いていた。月夜野インターで関越を降りて、17号を走ると街道のあちこちに温泉があった。わき出ているといった感じ。明日の帰りにはどこかの温泉に入って行こうぜ——すぐにメンバーの意見は一致した。そのすぐ後、ベースの藤井裕がクルマを止めてくれと言い出した。何でかというと「ウンコをしたくなった」と言うのだ。俺たちはクルマを止めて、彼に草むらの中でしてもらった。「いやー、いい空気だ」と伸びをしながら、俺とユカリは息を止めていた。何しろ近くの草むらでしてるからね。そして、夕方苗場プリンスホテルに到着。部屋をあてがわれてから、みんなでホテルのレストランでゴハンを食べた。新潟の地ビールなど飲みながら食事をして、それからホワイト・ステージのジョン・スペンサー・ブルース・エクスプロージョンを見に行った。途中でドイツ人の女の子が二人クルマに乗ってきた。「グーテン・ターク！（こんばんは）明日3時から俺たち演るから見に来いよ」「まあ、ミュージシャンなの？　絶対見に行くわ」などとお互いにカタコトの英語で話した。彼女たちはグリーン・ステージのブラーを見るために途中で下車した。

「バイバイ、シーユートゥモロ」クルマは山道をホワイト・ステージへと進んだ。ジョン・スペンサーはカッコよかったぜ。めちゃくちゃ盛り上げてくれた。彼はステージのそでで自分のギターを拭《ふ》いていた。汗まみれのギターを驚くほど丁寧に拭いていた。彼らのスタッフは一人しかいなかった。偉大なる中小企業のような人達だった。ドラムもすごかった。小さなセットでハイハットとライドシンバルしかない。スネアと3点セットだけだ。ものすごい強力なビートだ。ギター小僧がそのまま大人になるとジョン・スペンサー・ブルース・エクスプロージョンになるんだという見本のようなもんだ。すべてのステージが終わり、あとはディスコ・テントだけがバカでかい音を出していた。

俺たちは山道を歩いてテントの方を見に行った。その中に友達のテントがあると聞いたからだ。しばらく探し歩いたがどれがそのテントかわからなかった。たき火をしている外国人のテントのところで休ませてもらった。ビールを飲みながら美しい月を見ていると、やっと今ここに着いたばかりの若いカップルがテントを張ろうとしていた。若くて弱々しいが美しい女の子と男の子だった。「まるであいつら、昔のケンとメリーみたいだな」とユカリが言った。「ほんとだ。きっとGTRでここまで来たんだぜ」と俺が言った。「GTRか、なつかしいな。いちばんカッコいいクルマだよな」と裕が言った。俺たちはもうとっくに酔っぱらっていた。気がつくとユカリが懐中電灯を片手にその若いケンとメリーのようなカップルのテントを張ってあげているのが見えた。それを見て俺たちは笑った。外人がフォーク・ソングを歌い始めた。

よーし、明日は3:00からグリーン・ステージだ。デビュー・ステージがんばるぞ!

第二十二話

また放浪の旅が始まる

もしも、うんざりするような、バカバカしい嫌なことがあった時、君だったらどうする？　いったい何をする？　俺はそんな時はいつも放浪の旅に出るのさ。小さな荷物とギターを持って、着の身着のままでね。ポケットの中には砂ぼこりと少しの金しか入ってないけど、まるで平気なんだ。俺は放浪の旅人だからね。捨てる神ありゃ、拾う神ありだ。まっ暗な夜だって何とかなるもんさ。そして俺は昔のことを想い出すのさ。すると、俺は生まれた時からずっとさまよい歩いてるってことに気がつく。どこでも眠れるし、誰とでもそこそこうまくやれるさ。

ときどき事件を起こしたこともあったけど、そんな時にはわかる事がある。今まで友達ヅラしてた奴がずるがしこい商人だったとか、いつでもお前を助けてやるって言ってた奴が何の連絡もしてこない、いつもエラそうな事言ってる奴がただの田舎者だったとかね。ネガティブな奴とポジティブな奴はまるで行動の仕方が変わってくるのさ。俺は何度かそんな経験をさせてもらったが、誰だって一生に一度や二度はそんなことに遭遇するはずだ。今から楽しみにしといた方がいいよ。苦みのない人生なんてきっとつまらない人生だからね。

さて、ビールでも飲んで今夜はここに泊めてもらおうかな。この小さなアパートの部屋はまるで昔、'70年代の放浪時代にもどったような気分にさせてくれる。君のヒトミはまるで少女のように輝いているしね、きっと素敵な夜になるだろう。今夜、君のために歌を作るよ。カンタンさ、ギターを弾いて君のことを歌えばゴキゲンなラブ・ソングの出来上がりだ。それを誰かが聞いていいと思うかどうかとか、その歌が売れるか売れないかなんて、本当はカンケーないことだ。だって意味のわからない歌だってアレンジ次第でニュースになったり売れたりすることがあるんだからね。

ぼくは歌い出した。君に対するありったけの気持ちをこめて心から歌った。月が一時を打つころだった。「ジュリーとリトル・ジョン・テイラーは近所の友達だった。僕たち三人は黄金のトライアングルのような友情で結ばれていた」と歌い出す、ザ・バンドの曲を想い出した。「月が一時を打った」という歌だ。「カフーツ」というアルバムに入っている名曲だが、名曲だと思っているのはこの国では俺と仲井戸麗市とあと一人か二人くらいだろう。「ある夜、三人は湖に泳ぎに行くがリトル・ジョンがヘビにかまれて死んでしまう」という歌だ。「月が一時を打つまでに帰ると親たちに約束したが月が一時を打った時、ジョンは息を引きとった」のだ。そして「僕とジュリーは羽根をもがれた小鳥のように生気がなくなってしまう。二人で街を離れようとクルマで走り出したがエンジンがこわれて、月が一時を打つころに歩いて家にもどった」ああ！　こんなストーリーのある歌を歌いたいものだ。こんな曲を作れたら、たとえレコード会社に「売れないよ」と言われたってへでもねえさ。

次の朝早く僕は君に別れを告げて、旅立った。あてもないけど、次の町へと。いつ帰るかもわからないけど、もしも帰る日があるなら、俺はたくさんの歌をもって帰れるだろう。どうぞ、待っていておくれ。僕を忘れないでくれ。いつか君のもとに帰るよ。政治の話をして君を困らせたりなんかしないから、僕を待っていておくれ。

The Band
Cahoots　東芝／発売中
ハマりましたねえ、ザ・バンドは。バンド自体はカナダ出身なんですけど、実は彼らもやっぱりキャンド・ヒートなんかと一緒に、アートロックのひとつとして出てきたんですよ。
実はもちろん、全然そうじゃなかったんですけど（笑）。
「THE MOON STRUCK ONE」という曲はよく聴いてました。アルバムとしては４枚目かなあ。名曲ですね。

第二十三話

様々な制約と規制の中で、がんばれ外資系の会社よ！

あるバーで放浪の旅人と称する中年の男ととなり合わせた。嫌なことがあったので放浪しているということだ。彼の話にはウンチクがあった。何だかいい奴だなと思った。今でもこんな人がいるんだな。バブルを経験して、みんな日本の中年は骨ぬきにされちまったと思っていたのに。「がんばれよ、おまえの土地を見つけろよ！」と酔った勢いで激励した。

それにしてもヘタなイナカモノがインターネットでメールなんかやってるのは考えものだな。世界中の人間はイナカモノだけどね。世界を旅したが、ニューヨークもロスもロンドンもメンフィスもナッシュビルもニューオリンズもハワイも全部イナカだったよ。もちろん日本もね。イナカではいろんな問題がもち上がるもんだ。それでみんながドキドキワクワクしたりもするさ。でも、所詮《しょせん》イナカはイナカだ。ヒャクショーがのさばってるってことさ。こんな言い方に頭に来る奴もいるだろうけど、俺がガキの頃にはみんなそんなことを普通に会話してたんだよ。いろんな禁止用語が出てきたのは昭和の経済成長でいい気になった奴らのせいだ。ブラック・サバス（'70年代のロックバンド）が部落差別に聞こえるとか、伝説のギタリスト山口富士夫のバンド「村八分」っていうバンド名が禁止用語だとか、どいつもこいつもオエラガタがすべてやばい言葉を禁止禁止禁止にしちまったのさ。生々とした生の言葉を全部言えないようにしたんだ。そのころから、この国はおかしくなっていった。ヤクザのことをヤっちゃんと言ってみたり、SEXのことをエッチと言ってみたりするようになったのだ。そして人々はどんどん軽くなっていった。小学生なのに自殺するなんて俺には信じられない。死も学校も親もカッパ・エビセンやキャラメル・コーンみたいに軽くなったのさ。総理大臣がケーサツにとっつかまってみたり、政治家が民衆よりもバカに見えてきたのだ。警察ももはや偉そうには見えなくなった。いろんな友達が大麻やコカインやヘロインでとっつかまった。そして、出てきてから警察がどんなに汚い奴らか聞かされた。

俺は右翼かも知れないと思う。丹下左膳の格好をして刀をさしているとそんな気にもなる。志をつらぬくという気持ちを日本人が持っていたら、すばらしい世界が来るんじゃないかと思う。俺は右でも左でもかまわないんだ。そんなことどーでもいいんだ。右にどんどん行ってみろ。やがて左側に来ているのさ。地球は丸いからね。それよりも二人並んでいると俺の右側は君の左側だったりもするのさ。そんなことより俺は、人々の心の中に芯《しん》が一本通ってりゃいいんだ。それが一番大切なことだと思ってる。

俺たちの「冬の十字架」をぜひ君の店に置いてくれないか。外資系のレコード店だってことはわかってるけど、なにもビクつく必要はないだろう？　大丈夫だよ。もう法律で決まったことだ。これからはどんなアレンジでも国歌を自由に歌えるようになったんだよ。ここで敬遠のフォア・ボールはないだろう。堂々と直球で勝負する場面だぜ。外資系の会社ってそんなに日本では肩身が狭いのかい？　ポリドールくんも外資系だけどね。社長は「うちは外資系だから、何しろ外資なんでね……、その、つまり外資系なので……」それしか言わなかった。そんなこと繰り返されたって俺にはわかんねえよ。いったい何のことを言ってるんだい？　あんた日本人なんだろ、筋を通すってことぐらい知ってるよな。

忌野清志郎　Little Screaming Revue
冬の十字架　SWIM RECORDS／発売中
まさか、という感じ（＊注）でしたね。もう情けないっす、業界が。それで〝ダメだこりゃ〟と思って、インディーズで出そうと。アルバムとしては、けっこう本音が出ている作品かもしれませんね。ジャケットは僕の国立の実家なんですよ。
当時、空き家になってたんだけど、家具もほとんどその場にあったもので。トロフィーはRCが売れだした頃に「プレイヤー」の人気ヴォーカリスト部門で2～3年間1位だったんですけど、そん時にもらったやつ。

（＊注）まさか、という感じ
1999年8月、「君が代」が入っているという理由で「外資系」のポリドールがアルバム「冬の十字架」の発売中止を決定。結局インディーズのSWIM RECORDSからの発売となった。折しも「国旗国歌法制化」騒ぎの真っ最中。ごたごたのさなか、当時の「官房長官」が「君が代をうたうこと自体に問題はない」というコメントをわざわざ発表したのには笑えたが、実際キヨシローは「パンクふうのアレンジ」で「すなお」に「うたっている」だけである。

第二十四話

俺を笑わせてくれないか

また地下室からもどって来た。長い螺旋《らせん》階段を登って、やっと自分の部屋にたどり着いた。途中でケータイが鳴った。女がなんで来てくれないの、いっぱつやって欲しいのよと言っていたがそれは間違い電話だった。ふざけんな、メスブタめ。

長い階段を登ってきたから汗びっしょりだ。俺はビールに氷を入れていっきに飲みほした。うまい！　ビールはきっちり苦い方がいい。遺伝子組みかえでも何でも、そりゃー苦い方がいい。「今や、会社のエライ人もサラリーマンなんだなー」と思った。ビールを飲むといつも何かを思う癖がついてる。「あの娘のほっぺは赤かったなー」とか「ワタナベの漫画はヘタッピーだけどおもしろいなー」とか、いろいろ断片的に思うのだ。ほっとしてビールを飲み終えると汗もひいていたのでCDを聴くことにした。最近手に入れた「ビター・ウィズ・スウィート」だ。49ERSがやってる最高のニセモノ・ソウル決定盤である。これは聴きごたえあるぞ。すんげえバカそうだぞ。俺の世代のソウル・ミュージックを日本語で演ってるんだ。名曲ばかり13曲も入ってる。かっこいいぜ。しかもインディーズのそのレーベルは、モモ・タウン・レーベルだ。モータウンじゃない、モモ・タウンだぜ。俺の好きな曲が全部入ってるんだ。何と言ってもドラムが素晴らしい。みんながんばってる。歌手はひどい。だが、流行の若者よりは百倍いい。世界に平和がやってくる感じだ。俺は本当にラッキーな男だ。こんなCDに出会えるなんてな。君たちも音楽を聴いて、そんな事を感じたことがあるだろ？　自分の気に入った音楽にめぐり会えるなんて、あまり日常ではあることじゃない。みんなが聴いてるからとか、これが流行ってるからとか、TVでよくやってるからとか、そんな理由でムダ金をはたいてレコード屋でCDを買うなんて、つまらないぜ。他人と趣味が同じなんてつまらないぜ。ひとと同じじゃ、どんなに大志を抱いていても一般人の中にうずもれちまうだけさ。誰もが大志を抱く必要もないけど、お金のムダ使いで流行を買うのはバカだよ。そーいえば、真心ブラザーズの曲で「きいてる奴らがバカだから」っていう名曲があったな。

昔のことなら笑いながら話せる。だって本当に楽しいことばかりだったから。未来のことなら笑いながら話せる。だって夢のようなことを実現できると思うから。でも今の気持ちを聞かれたら、僕はつまらないことしか言えない。ずっとそうだった。現実に関してはつまらないことしか言えない。何も想い通りには行かない。何も変わりゃしない。腰の引けたイクジ無しどもがこの世の中を動かしてるのさ。もう一度言おう！　腰の引けたイクジ無しどもがこの世の中を動かしている。これじゃ、みんなカラに閉じこもって昔のことを想い出して笑うしかないのさ。あの娘に愛を告白したかったんだ。でも言えなかった。僕はずっとイクジ無しなんだ。それも今では苦くて甘い想い出さ。でも愛を告白したかったんだ。でも言えなかった。わかったよ。わかった、わかった。つまり、あんたはダメだってことさ。それでいいじゃん。だけど、それで迷惑かけた人がいるのならあやまった方がいいと思うよ。もう一度笑うためにはその前に迷惑をかけた人を笑わせてあげないとね。わかるかい、世の中はそういうもんだ。スジだけは通してくれよ。さあ、笑わせてくれよ、ベイビー。

THE 49ERS
BITTER WITH SWEET　モモ・タウン／廃盤
青山学院の向かいに、僕がよく行く「OA」っていうソウル・スナックがあるんですけど、そこで売ってたんですよ。リズム&ブルースの名曲ばかりを日本語で歌ってて。やってるのは僕と同年代の人たちだと思うんですけど。これがバカバカしくて、好きなんですよ。いや、本人たちはそれを狙ってるわけじゃないんだろうけど（笑）。ヴォーカルの人がデザイナーみたいですけど、ジャケットのセンスも、なかなかいいですね。

第二十五話

子供には必ず親がいるとはかぎらない

「俺を笑わせてくれ」と言って騒いでいた男が警察官に連れて行かれるところを見た。「ふざけんな、ポリ公、俺を笑わせろー」とわめいていた。「素晴らしすぎて俺を逮捕しますくらい言ってみろ」とか何とか叫んでいたなー。しかし、俺にはカンケーないや。俺はノンポリでナンパだもん。政治なんかキョーミねえしィ、この国がどーなっていこうが知らねえよ。勝手にやってくれ。俺は俺だ。アメ公のダチもいるしね。ベトナムにでも行って一発ぶちかましたっていいんだ。そこら中で戦争やってるわけだから、俺は別にポンニチだから偉いなんて思わねーし、何かをぶっぱなせるなら、どこにでも行くぜ。ベトナム、カンボジア、中近東……。

あー、わかった、わかった。君の食ったクスリが覚めてからもう一度、聞くことにしよう。まあ何を食ったのかおおよその察しはつくがね。じゃ、ゆっくり休んでくれ。明朝7時から取り調べさせてもらうよ。「まったく、……あんなクソガキの面倒なんか見てられねえぜ……」内心、私はそう思った。若気のイタリだ。いきがってるだけじゃないか。親は何をしてやがんだ。ガキのメンドーも見れねえのか、ふざけやがって。世の中には親のいない不幸な星の下に生まれてきた子供だっているんだぜ。世間のブヨブヨの奴らはガキには必ず親がいると思ってるが、そうじゃない子供達がたくさんいるんだ。ブヨブヨの君達にはわからないだけさ。母親のいない子供。父親が誰だかわからない子供。俺があるバンドでツアーをしている時、ホテルのロビーの便所に赤ん坊が捨ててあった。すぐに119に連絡して、その赤ん坊は保護された。もしも俺達が気がつかなかったら、一つの命が消えていたんだぜ。その赤ん坊は今ごろ、11歳くらいになってるはずだ。どこかの施設にいるだろう。父親も母親も知らずに自分がホテルのトイレに捨てられたことも多分知らないだろう。永い間、音楽を作ってツアーをやってるといろんな事に出会う。低能な動物以下の人間も君といっしょにこの星に暮らしてる。

いいかい、気をつけろよ。だまされんなよ。腐った奴らが増えているんだ。自分を見失わないで欲しいんだ。だって僕は君のことが好きなんだ。君を愛しているんだ。「嘘《うそ》つけ」って思っても嘘じゃないんだ。僕は君のことを愛しているんだ。それは胸を張って言えることなんだよ。今の流行のR&Bじゃなくて、昔の本当のR&B、リズム・アンド・ブルースを聴いて育った人間に聞いて確かめてごらん。「男が女を愛する時」のことを。21世紀も近くなると大人も聴けるラブ・ソングが無くなってしまうとでも言うのかい？　ガキどもの専売特許じゃないぜ。本当は大人のものなんじゃなかったのか。早く大人になりたいと思ったものさ。熱いラブ・ソング、R&Bの意味を早く知りたいと思った。今の大人は不細工でかっこ悪いけど、それは音楽を愛してないからだ。でも、若い奴らも決してかっこ良くはないぜ。つまり同じ穴の狢《むじな》ってところさ。対立もできなきゃ、リスペクトも贈れない中途半端な関係だ。本当に口うるさいロックン・ロールや、口の匂《にお》いまでするようなリズム&ブルース。そんな音楽は21世紀には無くなってしまうのだろうか。ロボットやサイボーグが聴くような計算された音楽だけが市場にあふれている。

では、また会おう。君は年寄りのヒヤミズと言うのかい？　それとも負け犬の遠吠《とおぼ》えってやつかな？

Percy Sledge
WHEN A MAN LOVES A WOMAN　イーストウエスト／発売中
「男が女を愛する時」、パーシー・スレッジはやっぱりこの曲が有名ですよね。あれが最大のヒット曲ですから。あの曲だけだとムード歌謡みたいなんだけど、この人もリズム&ブルースですよ。こうしてアルバムを聴くと、やっぱり唄ってるのはバラード系が多いっすよね。といって、とくにヴォーカリストとして好きというわけでもないんですけど（笑）、最近のR&Bは全然ピンとこなくて……パーシー・スレッジのほうが素晴らしい！

第二十六話

ドブネズミどもに捧ぐ

それにしても、ずいぶんたくさんの取材をした。〝ラジオ〟と〝TVの歌番組〟以外はほとんどのところから依頼があったので時間のゆるす限りやった。と言ってもまあその数は知れてる。生身の人間である以上、そんなに数はこなせない。俺は夕方くらいから働くのが好きなんだ。もう永い間、6時半か7時くらいからのステージに立つのが一応仕事なんでね。朝っぱらから、午前中からいろいろ聞かれてもどうにもエンジンがかからないのさ。おもしろかったのはいくつかの外国の雑誌だった。外国人記者は日本人の記者が見逃しているところを見逃さなかった。「なぜ、あなたの君が代のエンディングのところにアメリカ国歌が演奏されているのか」と質問したのは外国人達だった。「ふふふ……、なぜだと思う？　いくつか理由は考えられるだろう、日本はアメリカの属国だとか、アメリカの核の傘の下でにせ民主主義を謳歌《おうか》しているとか、アメリカと仲良くしなくちゃやっていけないぜとかね……、君はどう思うんだ？」でも俺はそんな質問にはこう答えておいたよ。「ジミ・ヘンドリックスを尊敬してるからさ。国歌をロックで紹介したのはジミ・ヘンが最初だ。俺はすごく影響を受けたんだ。今でもジミ・ヘンの『AXIS：BOLD AS LOVE』は聴いてるよ。あれは名盤だ」ってね。これは俺の本当の気持ちだし、まさかヒニクをこめて米国歌をやったなんて言えないし、それにたいした演奏じゃないしね。一曲の中にいろんな思いがあるって言うのはいちいち聴く人には伝わらないことだと思うよ。その曲は聴いた人のものさ。それでいいじゃないか。どうせ俺のCDなんて大した影響力もないんだしね。

軍隊を持って徴兵制でガキどもを兵隊にして戦争したい政治家が多いみたいだけど、と同時に、事無かれ主義の大人も多いみたいだけどさ、どーだろう？ 日本は民主主義国家だなんて言ってないで、事無かれ主義国家だって世界に向けて言った方がよっぽどカッコいいんじゃねえか。ロックっぽいぜ。ねえ、ラジオのディレクターさん、どー思う？ HEY！HEY！HEY！ キクチ君どーだい？ しかし、まあ「COVERS」の時もそうだったけど。よくまあこれだけ無視してくれてうれしいよ。今までへつらってくれてありがとう。もう、こんな世界からは足を洗いたくなった。もう、うんざりだ。俺は歌を作って歌っていくよ。だって、それが好きだからな。好きなことをやっていくさ。この資本主義式事無かれ主義社会の中でどこまでやれるか、はなはだ疑問だけどね。まあ、いいさ。もう、あいつらの世話にはなりたくねえや。

好きなことやって、メシ喰《く》って、歌を歌って死んでいってやるさ。クソみてえなインチキ野郎どもの世話になんかなりたくないぜ。ざまあ見ろ、偉大な才能が君たちに見切りをつける時が来たんだ。ではせいぜいそのドブの中でがんばってくれ、これがお前らに対する最後の挨拶《あいさつ》だ。

さて、先日読売新聞とオリコンにみょうちきりんな広告が出たらしい。ポリドールが俺を応援するという主旨のものらしい。そんなことをやってもまるで話題にならないところがほほえましい。まあ事無かれは他のレコード会社も同じ。どうやって応援してくれるのか楽しみにしていよう。

THE JIMI HENDRIX EXPERIENCE
AXIS：BOLD AS LOVE ユニバーサル／発売中
ジミヘンは高校生の時ですね。もう革命でしたよ、エレキ・ギターの！ 最初に観たのは「ウッドストック」……じゃないか、NHKの「モンタレー・ポップ・フェスティバル」かな？ オーティスとかも一緒に出ててね。だけど当時、全然一般的じゃなかったですよ。そこそこ知られてはいたんだけど、ほんとにわかってたのは一部の音楽ファンだけでしたね。「君が代」のエンディングでアメリカ国歌を入れるのも、実は最初から考えてました。

第二十七話

職安へ行こう！

遠くで誰かが帽子をふっている。もう、ふり向くなとマネージャーが目で俺をいましめる。ああ、これで、さよならだ。この汽車に乗ってしまえば、新しい人生が始まるんだ。思えば楽しいことばかりだった我が人生。ずっと青春のようであった。常に出会いと別れが交差していた。ああ、まだ帽子をふっているな……。さよなら、俺は君の方を見ないで汽車に乗る。これでお別れだ。元気に暮らしてくれ。きっと幸せになれるさ。マネージャーはいつも俺をせかす。まるで情緒のない人間のように見える。でも、それが彼の仕事なのだ。いいだろう。君にまかせるよ。君について行こう。俺の荷物を持ってくれるんだからな。そーだ、ついでにこれも持ってくれ。これは大切なものだ。注意深くあつかってくれ。この中には俺の魂が入ってんだ。ほんとだぜ。さするとマネージャーは「へへへ……」とつまらなそうに笑った。汽車は出発した。さようなら帽子をふる人よ。いつかまた会いましょう。

こうして、いつもロック・バンドのツアーは終わるのだ。そうすると俺はしばらく暇になる。バンドマンの俺には仕事が無くなるというわけだ。いったい、どーしたらいい？　これじゃ、オマンマの食い上げだ。しょーがない。職安に行こう！　ハローワークだ。リストラだ。失業者だ。俺はある朝、職安へ行った。何か新しい仕事をさがしに。もう俺のロックは終わりだ。次の仕事は来ないから。全国のイベンターも俺を干すつもりにちがいない。仕方がない。新しい職をさがそう。職安をうろついていると俺に声をかける人がいた。ふり向くと、なんだ、ワタナベイビーじゃないか。「いったい、どーしたんだい？　なぜ君のよーな若者がこんな所にいるんだ？」と問うと「いかんせん、こんな事態になってしまったので」とワタナベ。「えっ？　こんな事態って？」と驚いていると「さっき、陽水さんにも会いましたよ」と言う。ふざけんなよ。億万長者が来るところじゃない。俺は何か夢でも見てるのか？　ふと、老眼鏡をはずして、あたりを見回してみると、な、なんと、吉田拓郎や矢野顕子、若いところでは槇原敬之などが職をさがしてうろうろしているではないか!!　「おい、いったい、みんなどーしたんだ？　しっかりしろよ。君たちはこんな所に来るべきじゃない。いったい何があったんだ!?」

俺は決まりかけていたキオスクの仕事の書類を受付の窓口に提出すると、あわてて職安を後にした。そしてスポーツ新聞を買ってみて、わかったのだ。ミレニアムを機に音楽界に恐ろしい異変が起こっていたのである。しかも、これは一般人にはなかなか理解しにくいことなので一方的に決定されてしまったのだ。つまり「卵が先か、ニワトリが先か」のような議論に結論が出たというのである。

「音楽が先か、それを聴くプレーヤー（ハード）が先か」という電器会社とその子会社のレコード会社との間に永年の問題に結論が出た。ミレニアムを契機に「ハードが先」と言うことに決定されたのだ。電器会社の作るハード、MP3などのインターネット系を見据えた電器製品がまずあって、音楽はそれに付随するもの。音楽を聴くためにハードがあるのではなく、ハードを売るために音楽を作るという、何ともおごり高ぶった思想である。それに反発し失望したミュージシャン達が職安に来ていたというわけだったのか……。私は青ざめた顔で立ちすくんでいた。ギターのコードを弾いてみた。ギターが先か、コードが先か……。

ワタナベイビー
坂道　ポニーキャニオン／発売中
これは彼と僕とで、一緒に作ったんですよ。確か知り合ったのは3年ぐらい前ですかねえ？　何かのイベントで。彼が僕のマネをして唄っていることも、他人から聞いて知ってました。最初はすごく恐縮してましたねえ。でも面白い奴ですよ。いつも事務所とかプロデューサーと戦ってるみたいです。詞でもけっこうヘンなことを唄ってるんですよ（笑）。いや、かわいい奴です。僕は「ワタナベ」と呼んでます。

第二十八話

ロックン・ロール・グルになって夢を実現するんだ

お前は最高のタマだ。他のどんな奴も歯が立たねえ。お前は極上のダイヤモンドだ。この世で最高の輝きを秘めている。だが、あいつじゃ無理だ。お前の良さを引き出せやしない。ヒットさせることはできないのさ。彼は人のいい人間だ。だが、上役の言いなりだ。世の中に対して対峙《たいじ》できないのさ。悲しいことだが仕方がない。去勢された馬でもレースでは突っ走るぜ。もの足りないとはこのことだ。世界中のファンが泣いてるぜ、せっかくのダイヤモンドが輝きもしないってね。その輝きは人々に希望を与えるっていうのに。手堅く手堅く会計監査のようなリーダーがダイヤモンドの価値を金庫に入れたまんま今では石炭のように黒くひからびてきた。それも運命だ。ベートーベンだ。悔し涙と怒りの涙に明け暮れる。君の人生は君の人生だし俺の定説は世界の定説さ。義理人情には金がかかる。俺はロックン・ロール・グルだ。俺以外はグルじゃない。夢を実現させる奴はその夢のグルだ。だけど君はグルじゃない。グルになんかなれやしない。ダイヤモンドを磨こうともしないし自分だけの世界に閉じこめてるだけだからな。小さく細く長く生き延びるつもりだろうが、君が考えてる以上に世の中はきびしいのさ。勝負をしない奴には勝ちも負けもないと思ってるんだろ？でもそれは間違いだ。せっかくのダイヤモンドで勝負できない奴はもう負けてるんだよ。田舎に帰っておとなしく暮らした方がいい。私はいつか山を見上げていた。ああ、……空気がきれいだ。教えてやろうか、もしも自分の心の中に信念というものがあるのなら、どんな相手にも立ち向かえるはずだ。相手の事情や相手の考えなんかを超えて説得できるはずだ。つまり君はリーダーでありながら負け犬だってことさ。しっかりしてくれよ。これはダイヤモンドなんだぜ。最高のタマなんだよ。みんながそう信じてるんだ。そろそろ君も信じてくれないとね……、あとが無くなるんじゃないのか？　確かに山はきれいだ。空気も美しい。水もうまいだろう。でもロックン・ロールはそれだけじゃないよな。どろ水をのんだりする時もあるさ。夢を実現させるには主張をしなくちゃ出来ないぜ。どんなえらい奴が来ても君は君の夢を主張できるかい？　俺は主張できるよ。だって俺は最高のダイヤモンドなんだからね。Ｈｅｙ、君はちがうのかい？　君が最高のダイヤモンドじゃないなんて初耳だな。定説かい？知らないんですか？　私は最高ではないし、ダイヤモンドでもないんです。いいですか？　これは世界の定説です。とでも言ってみろよ。たくさんの人々の前で言えるなら言ってみろ。いつもごまかしてるだけじゃないか。ガキどもが叫んでる夢のようなことに耳を貸さないその態度はゆるしがたいぜ。いったい何を見てきたんだい？　その若さでミイラか？　可能性はどこにあるんだ？　それは君の目で見て耳で聞いたものの中にしかないはずだ。

毎日がとてもつまらない。君の横に立っているだけでつまらない。俺を笑わせてくれ。一度でいいから笑わせてくれ。世の中がつまらねえぞ。笑わしてくれ。このしぶい感じで今年も暮れていくのか。君には信じられないだろうが、もう一度だけ言っておこう。自分の夢を実現させるためにはおとなしくしてちゃダメだ。主張するんだ。俺はそれを知ってるんだ。おとなしくしてるだけの家畜には夢なんか実現できやしない。でかい声を出せ！　主張しろ!!

JAMES BROWN
Say It Loud, I'm Black & Proud　POLYDOR／輸入盤
これはキング牧師が暗殺されて、黒人と白人が仲良くなりそうな気運が一気に薄れた時代ですよ。〝黒人は黒人でやっていこう！〟って動きがあって、オリンピックでも黒人が活躍してね。ＪＢとは'79年かな、対談で会ったことがあります。イカレたオッサンでしたねえ。当時、出たばっかの「STEP!」のシングル盤を持ってったら、すごい喜んでました。「俺の若い頃にそっくりだ！　君はソウル・ブラザーナンバー２だ！」って言ってましたね（笑）。

第二十九話

2001年・宇宙からの手紙

いろんな手紙が来た。実は俺はその全ての手紙を読んだ。返事は書かなかった。今までにどれくらい手紙を読んだだろう。若くて独身の頃には週にダンボール箱が5、6箱、中はすべて手紙だった。俺は全部、読んだ。プレゼントなどはスタッフと分けた。何という人生だと思った、こんなに手紙が来るなんて。でも俺はそれを読むのが好きだったので、いつも読んでいた、文庫本のかわりにね。何不自由なく育った人々がほとんどのようだったが中には俺と同じような境遇の人やもっとひどい人々もいた。そんな人たちが「あなたの笑顔がとっても好きなの」とか「今回のツアーはサイコー」とか「あなたの顔は嫌いだけど、歌はすてき」とか、あるいは人生相談のようなことなど、まあ、いろんな事が書いてあった。いつも思うのはやっぱり俺にはカンケーないぜってことだった。

郵便受けの中に手紙が届いているなんて、とても素敵なことだ。もしも一通でも手紙が入っていたら……。

俺は孤独な老人だ。もはや、みんな居なくなった。ずっと反体制だったから今じゃ誰も味方してくれない。この年寄りには敵も居ないが、友人は孤独だけだ。また新しい年が明けた。不思議だ。とても静かだ。12月はうるさくて、1月は静かで白けてる。人々は相変わらず踊らされてるのさ。俺も踊らされてるのかもな。君に電話をしよう。「なぜ、手紙をくれないんだ」ってね。手紙が来たらまた電話をして「今、返事を書いてるんだ。いいか？　ちょっと読んでみるから聞いててくれ。いや、まだ途中までなんだがね。どうかな、こんな感じでいいかな？　なに？　せっかくの手紙なのに電話で読むなって？」良かれと思ってしたことなのに……、何ということだ。私のこの気くばりが迷惑だとでも言うのか。君はずれてる。世間、一般社会からずれて、浮きまくっているぞ。そろそろ攻めた方がいい。いいかげん大人になれよ。

私はすっかり気分を損ねてしまった。もう手紙はやめだ。やぶり捨ててやる。「くそっ二度とお前とは手紙のやり取りなんかしないからな」と一方的に怒鳴って電話を切ってやった。何が手紙だ。古い。時代遅れだ。現代はEメールだ。インターネットだ。パソコンか！　俺は絶対にそんなものは買わんぞ。誰がインターネットなんかやるものか。そんな暇人じゃねえや。やり場の無い怒りや失望感なんかにはもう慣れっこになっている。「ははは……」と俺は笑い飛ばした。心が引き裂かれそうだ。ダンボール箱の中で暮らそう。ダンボールの中に薄い蒲団《ふとん》を一枚入れると意外とあたたかいんだぜ。嘘だと思うならためしてごらん。「ほんとだー。思ったよりあったかいなー」っていう声が日本全国から聞こえてきそうだ。こんな夜にはギターでもつま弾いて、いっそ演歌でも作ろう。演歌は今やまったく売れてないそうだ。敵に塩を送ってやりたい気分だ。売れる演歌を作ってやるぜ。「津軽海峡Eメール」とか「俺はお前に2000年」とか「涙のマニュアル酒」とかはどーだろう？ 「リストラ」や「セクハラ」なども演歌にすると面白くなりそうじゃないか？ 演歌のレコード会社のディレクターさん、ぜひ私に連絡して下さい。待ってます。

よーし、希望の光が見えてきたぞ。捨てる神あれば拾う神ありだ。新年が何だ。今年もがんばるぞ。いや俺はいつもがんばってる。去年も今年も来年もへでもねえさ。

Box Tops
The Letter (from THE BEST OF Box Tops)　ARISTA／輸入盤
ボックス・トップスを知ったのは、この一曲目の「ザ・レター」っていうヒット曲で。ヴォーカルがけっこう黒っぽいでしょ？ '67年頃かな、その当時よくかかっていて、この曲以外はあまり知らないんですよね。バンド自体もあんまり知らないし、アレックス・チルトンのこともよく知らない。ほんとにヒット・ソング・グループとしての記憶しかないな。あ、でもこれたしか、ダン・ペンが参加（プロデュース）してるんですよね？

第三十話

ブルースをつめ込んでワゴン車で出発だ

これだけは言っておきたいんだ。ブルースを忘れない方がいい。いろいろな名前の音楽が流行するけれど基本はすべてブルースなのだ。20世紀、ブルースが世界を征服してしまった。テクノだのラップだのロックだのR&Bだの何だのと言ってみたところでブルースの呪術《じゅじゅつ》から逃れられはしない。すべての音楽にブルースがインプットされてる。こんなことをほざいても一般の人々には理解不能だろう。ヒット曲、ポップス、演歌などにはとっくの昔からブルースが組み込まれている。全部ブルースの焼き直しなんだよ。これはまぎれもない事実で気がついていなくてもインプットされているのだ。すべての音楽はブルースで説明ができる。方程式さえ書けるはずだ。しかし、今、私がこんなことを声高に叫んでみたところで「それがどーした」と言われるのがオチだろう。ブルースという認識が無くても音楽を楽しむことはできるし、アイドルの声を聴いて自慰にふけることもできよう。それはそれで素晴らしいことだ。まったく新しい音楽を聴いたと思っている少女や少年に「これは昔ながらのブルースだ」とは言いたくない。私が言いたいのはそんな了見の狭いものではなくて「ブルースを忘れるな」っていうことなんだ。とても大切なことなんだ。君がブルースを忘れないように君に歌ってあげたいんだ。俺のこの気持について歌っているブルースを歌って君に聴いて欲しいのさ。俺はいつも涙する。「メンバーズ・オンリー」っていう歌を聴いたら誰だって泣くはずだ。ボビー・ブルー・ブランドがまた歌っている。彼の最大のヒット曲かもしれない。誰もさからえないはずだ。こんな歌を聴いたらポット出のJポップくんなんかはシッポを巻いて立ち去るしかないだろう。ブルースは希望に満ちあふれている。こんな芸能界であくせく働いているのが嫌になって当然だ。

しこたまブルースを仕込んで、ワゴン車で旅に出よう。楽器と荷物を積んでバンドのメンバーと高速道路をぶっとばす旅だ。運転するのは順番で決めるか、俺にすべてまかせてくれてもいい。飛行機や新幹線はもううんざりだ。恥ずかしい限りだ。ひたすら地面をぶっとばそうぜ。ブルースの旅を始めるんだ。浮ついた女どもなんかついて来れやしねえ。ド田舎に行って、ガキどもにブルースをお見舞いするぜ。ブルースの爆弾を各地に、これでもかっていう程おっことすんだ。30年も歌ってきたんだぜ。ワゴン車で旅に出てもいいだろう?　俺がブルースをぶちかましてやる。ガキどもがブルースを忘れないようにね。君だけには忘れて欲しくないからさ。君が日常において何をしようと自由だ。でもブルースを忘れないで欲しいんだ。なぜ俺が今さらこんなことを強力にここで言っているのかって言うと、それはこの世界がちぢこまって、つまらない物になってるように感じるからだ。君はそう感じないか？　すべてがシステム化されて、まるで誰かに飼われているみたいだ。適当な栄養のある餌《えさ》を与えられて、ほどほどに遊ばされて、まるで豚か牛か鶏のようだぜ。これで満足できるのか。君達はそれほどまでに落ちぶれてしまったのか。みんなが着ている服を買って、みんながよく行く店に行って、それでＯＫなのかね。そーじゃねーだろ。君にしかできないブルースがあるんじゃないのか。「今年はこれが流行です」って言われて、それを買いにいくのかい。ふざけんなよ。だから俺は言ってるんだ、「上っつらに惑わされるな。ブルースを忘れるな」ってな。

BOBBY BLUE BLAND
MEMBERS ONLY(from MEMBERS ONLY)　P-VINE／発売中
ボビー・ブランドはわりと昔から知ってたんですけど、よく「似てる」って言われたことがあって。それでレコードをもらったのかな？　白いジャケットのアルバムだったんですけど、そこに「与作」にそっくりの曲が入っててさ。だから「与作」のオリジナルはボビー・ブランドだと思う（笑）。そのあとぐらいに「メンバーズ・オンリー」がすごいヒットしたんですよね。こういうブルージーな歌い方をする人って、今はあまりいなくなったねぇ。

アメリカ
ニホン
おとーさんは
ヘリマガリ
なので
祝日に よその
国のハタを
ケーヨー
します。
そして一日中
オーティスと
ジミヘンを

日本国国民の日常を描いた作品。ちなみに国旗は一枚５０００円くらい（国により値段が異なるが）でかなり大きな旗を手に入れることができる。世界各国が仲良く平和な関係になることを祈って描かれた大作である。

ブーン・ブーン
by ジョン・リー・フッカー
①
僕ワタナベイビー。今日はグラフさんと公園でデーんさ
②
しかし今日は虫が多いね
や〜ねえ。ハエかしら。ハチかしら……

作者はラフィーいまわののアシスタントとして活動していたワタナベイビーである。弟子を想う気持ちからか自分の筆が進まなかったのか弟子の作品に雑なペン入れだけをしている。

また俺に
戦わせる
のかい?

おそろしいほどの筆力によって描かれた名作である。作者は何を訴えたいのだろうか。ＡＭ、ＦＭとは何のことであろう。この世の不正に対する抗議のようにもとれる。

IM RECORDS
字架
ついに五十万枚とっぱか!?
Screaming Revue
1900円
7曲入り
6-5221

ある街角の風景である。大きな看板が目を引くがどうやらインディーズのレコードの宣伝のようだ。「冬の十字架」とは何やら意味ありげなタイトルだ。こんな広告を見るとぜひとも聴いてみたくなるのが人情である。人情とサイフにうったえる素晴らしい作品だ。

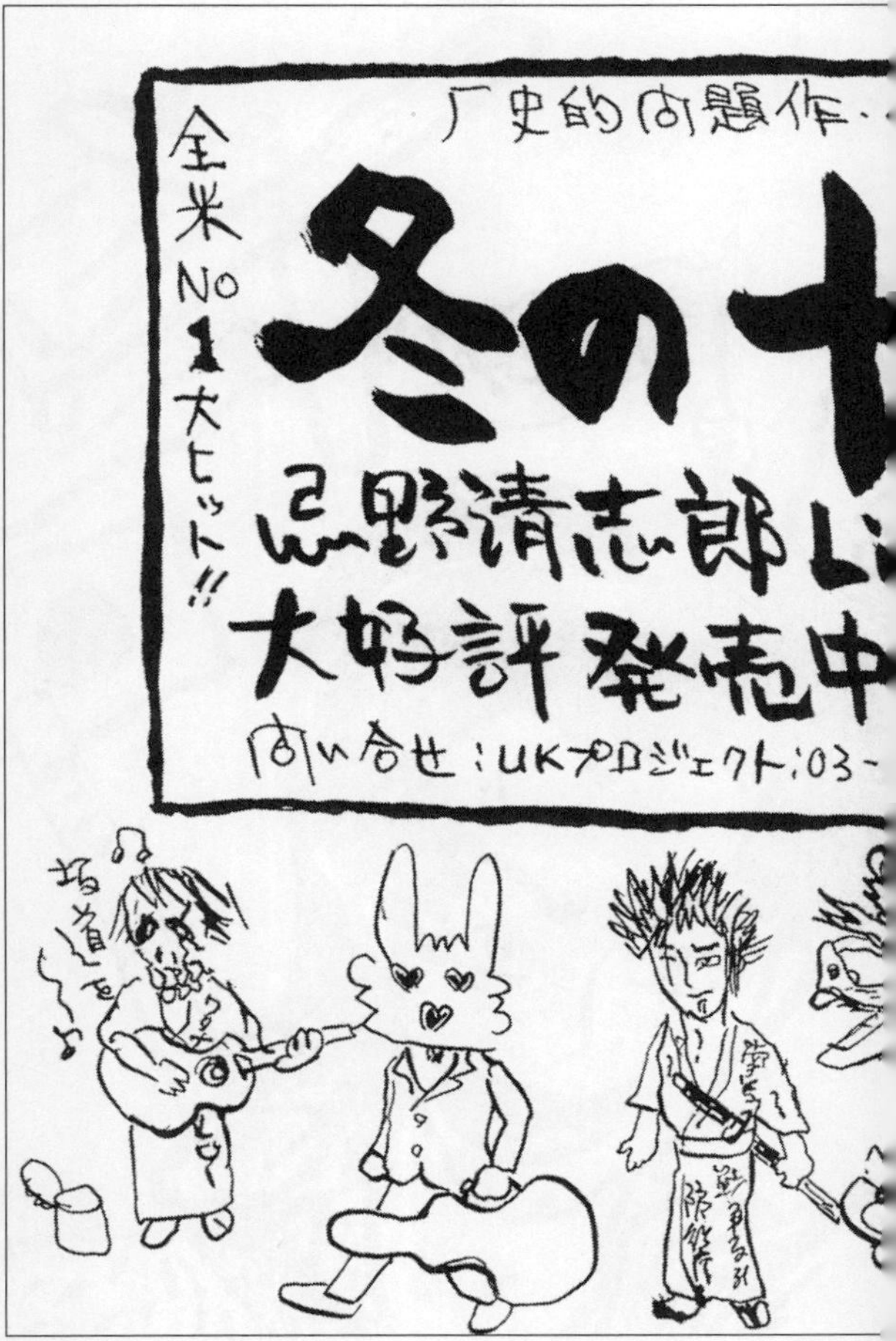

サルサ
ガムテープ

初の韓国公演に飛び立つサルサ・ガムテープを見送るファンの人々の様子である。空港の空き地には「冬の十字架」の看板が立っている。時代を感じさせる素晴らしい作品である。

くりちゃんて 笛が すごく じょうずだね
ぼくは 将来 笛のプロ になるんだ
ピーピー
へー ぼくは いい大学 に行って 一流企業 に入るんだ
ムッ

社会派と評されることの多い作者が教育問題にふみ込んだ名作である。孤独な小学生の姿をかりてこの国の問題点をみごとに描き出している。世が世であれば文部大臣賞を総ナメにするような説得力のある作品である。

くりちゃん今日は何を吹いてるの？
横笛だよ
将来、横笛のプロになるんだ
フル〜
フル〜
フル〜〜
ピ〜ヒャラ
へー
ぼくは将来軍隊に入って武器を横流しするんだ
！
ムッ

本作もまた孤独な小学生の姿をかりて痛烈な社会批判がくりひろげられている。国防省、軍部、防衛庁あたりから要注意人物の筆頭にあげられている作者だけのことはある。

くりちゃん何を吹いてるので、
プオ〜
プオ〜
プオンオン
オン
お父さんがホラ貝をかしてくれたんだ
えーっ！くりちゃんのお父さんホラ吹きなのー
プッ
！
ムッ

孤独な小学生の姿をかりて社会風刺をさせたらこの画家の右に出る者は居ない——と20世紀に騒がれた作者の父を想う子供の心を描いた名作である。

くりちゃん何を吹いてるの?
ソプラノサックス ぼくは将来ソプラノサックスのプロになるんだ
ピ〜ピロピロ〜ピロピロ〜
ぼくは将来ソープランドでファックしまくるんだ
ムッ
うっふ〜ん

反体制画家と評された作者が少年の性教育にふみ込んだ作品である。孤独な2人の小学生の将来は……!?

あれーって、クリちゃん今日は何も吹いてないね
詞を考えてるんだ
ぼくもよく死を考えるんだ。
ほらセーサンカリも持ってるよ
ムッ

孤独な小学生の姿をかりて、作者は人間の死と子供の自殺、ひいては生命について描いている。手抜きと酷評されたが名作である。

第三十一話

君は水道を出しっぱなしにしたまま行ってしまった

ものすごく寒い日が続いている。一年のうちで最も寒い季節とはいえ、これはあんまりだ。TVの天気予報などは〝平年並み〟などと能天気なことを言っている。あいつらは能天気予報だ。人々は心の底から冷え切っている。2000年と上っ面で浮かれてみたところでむなしさがつのるばかりだ。ずっと雪が降り積もっている。高価なエアコンからは冷たい風が吹いてくる。冷凍食品は解凍しようと努力すればする程カチンカチンに凍っていく。今やミニ・スカート・ドレスを着る女は一人もいない。肩のはだけたシャギー・ドレスさえ着用しようとは思わない。つまらない忘年会のようなパーティーばかりがくり広げられている。いよいよこの世の終わりだ。みんなが懐古主義的な気分にひたっている。とっくの昔に死んでしまったヒーローをまつり上げている。淋しい限りだがその淋しさには気付いてもいない。気付いていてもそれを公言する程の勇気も持ち合わせていない、生活に追われた奴らがせいぜいだ。悲しいことだ。

俺はなぜこの世界に来てしまったんだろう？　あの双六問屋でずっと暮らしていたかった。俺は双六問屋からやって来た。ある日この世界に降り立ったのだ。その時からずっと荒れ果てたこの土地に暮らすことになった。俺はなぜこの世界に降り立ったのだろう？　果たして、ここに来る理由とか意味とか何かあったんだろうか？　この世界はまるでちがう世界だ。人々はつまらないことで一喜一憂して、くだらない物に興味をひかれてしまう。真実なんて言葉はすでに死語になってしまったんだ。帰りたい。早く帰りたい。あの俺を育ててくれた双六問屋にもう帰りたくなったんだ。帰りたくても帰れない子供の頃のような所だとでも言うのか？　いや、俺はいつか必ずあの双六問屋に帰る。そこにはみんなが待っていてくれるはずだ。俺の肩を抱いて「よく帰って来たな」って言ってくれる奴がいるんだ。

「ある日、オーティス・レディングがアラバマのマッスルショールズのスタジオにデモ・テープを録《と》りに来た。僕は〝水道が出しっぱなしだ〟っていう曲を提供した。僕のその曲をオーティスはすごくかっこよくしたんだ。オーティスはソング・ライターとしてももちろんシンガーとしても最高だけど、それよりももっとプロデューサーとして偉大なんだ。オーティスは偉大な音楽プロデューサーだった」この言葉は昨年末（１９９９年）の東京の九段会館でダン・ペンが言った言葉だ。オーティスがやって来ただけでスタジオの雰囲気が変わるんだと言っていた。

君は水道を出しっぱなしにして行ってしまった。蛇口を開けっぱなしにしたまま。それ以来、水道は流れっぱなしだ。そうさ、僕の目からだよ。つまり涙が止まらないってことさ。君は僕の涙を出しっぱなしにして去って行ってしまった。あの日からずっとこの涙は止まらないんだ。この涙を止めに帰って来てくれよ。ずっと待ってる。

俺は新しいバンドをやるんだ。ご機嫌なメンバーが見つかったんだ。ミニ・スカートの踊り子がたくさん出てきてバンドの後ろで踊るんだ、なーんて、それは無いけどよ。それはサイコーのブルース・バンドで毎晩、人々を楽しませるのさ。人々に希望と生きる勇気を与えるんだ。そして次の街へと旅立つ時、見送る人は誰もいない。なぜなら人々はもう希望と勇気を手に入れたので人生が充実して小さなバンドを見送る暇などなくなってしまったのさ。俺達がこの寒い季節をぶっとばしてやる！

DAN PENN
DO RIGHT MAN　WEA／発売中
渋いですよ、これは。桜井ユタカさん（音楽評論家）が「すごくいいから」って送ってきてくれたんですよ。それで聴いたら、ほんとに素晴らしくって！ダン・ペンという人は、まあ〝南部のバート・バカラック〟みたいな人ですよね（笑）。リズム&ブルースの味わいがあって。
さっきのボックス・トップスが彼のプロデュースというのは偶然ですね。ひさしぶりのアルバムだったらしいけど、すごい音いいっすよ、これは。

第三十二話

元気を出してねと、よく女に言われるけれど

今日は朝起きて軽く8キロばかり走って、シャワーを浴びてメシを食ってからジムでバーベルをあげたり、筋力トレーニングをして、プールで10キロほど泳いで、自転車で約80キロの道のりを走った。こんな俺に「もっと元気を出して下さい」と書いてある手紙が何通か届く。どうして、俺をもっと元気にしたいんだろう？　生まれてから元気の無かったことなんて無いのに。まあ、元気のある奴は手紙なんかあんまり書かないとは思うけどな。自分が元気が無いと人のことまで元気が無いように見えてしまう。元気者の中にはひねくれ者もシャイな奴も静かな人も左よりの人も世の中を批判したりする人もいるのさ。テレビに出て笑顔をふりまく奴らがみんな元気とはかぎらないだろう。マイナー・コードで歌う奴が脂ぎっていたりすることもあったしな。

俺はすげえ元気だから、ほっといて欲しいんだ。俺のことより君自身が元気でいて欲しいね。

それにしても、あの遠い昔の国立駅南口、富士見通り、丸八の焼そばは今まで食べた中で一番うまい焼そばだったと思うよ。丸八は今はもう無くなってしまったけどね。何年か前に閉店してしまった。それ以来、うまい焼そばには巡り会っていない。本当に残念だ。——あっ、こういう事を書くとまた元気が無いと思われるのかも知れない。おーい、ちがうぞー。俺は今、裸で左手で70キロのバーベルを持ち上げながら書いてるんだぞー。しかも日焼けした体でなー。あー、これで大丈夫かな。昔のことを想い出して書いたりしてもすごい元気に想い出しながら強力な筆圧でペンを走らせてるんだ。字を書くと力が強すぎて紙がやぶれるので板に書いている。ヤワなボール・ペンではボールが砕け散ってしまうんだ。見せてあげたいくらいだよ。

想えば俺はいろんな友達やガール・フレンドとあの焼そばを食べに行ったな。最後に行った時は生まれたばかりの息子もいっしょだった。やっと離乳食が終った頃で、息子も食べた。テーブルの上には100円玉を入れると運勢が出てくる占いが置いてあった。つい100円玉をさがして、入れてしまう。息子は生まれて初めてのそんなゲームをすっかり気に入ってしまった。俺は息子が可愛《かわい》くて仕方がなかった。今までのどんな恋人よりもくらべものにならないくらい可愛かった。どこへ行くのにもいっしょだった。ステージにいっしょに出た時もあった。そんな俺を人々は親バカと言ったり、「あいつはもう終わった」と言った。ふざけんな。俺はやっと始まったんだ。

始まったばかりさ。あーっ、またこんな事を書くと元気が無いと思われるぞー。そうじゃない。今、全速力で走りながら書いてるんだ。汗だくになってる。山だ。山を走って登ってるところなんだ。しかも書いてる。心配はいらないんだ。体力がありあまっているんだ。君に90％程分けてあげたいよ。一生に一度くらい元気というものが無くなってみたいんだ。誰かに心配なんかされると僕は心配してる人のことが心配で言いたいことが最後まで言えなくなってしまうんだよ。これは昔からのクセというか性質なんだ。僕はどんな顔をしていても、どんな声で歌おうと喋《しゃべ》ろうと、何を書こうとカンケーなく元気なんだっていうことをわかって欲しいよ。カゼをひいて寝込んでいても、やたらと元気で家族に嫌がられたりしたこともあんだぜ。君の感じ方が元気でありますように！

THE BEATLES
I FEEL FINE (from PAST MASTERS vol.1)　東芝／発売中
ビートルズも出たての頃は、ほんとに音楽ファンしか知らない存在でね。中学ん時なんかは好きな奴なんてクラスで2、3人ってとこじゃなかったかな。それまでに聴いてたエルヴィスとかニール・セダカってどうも歌謡曲っぽかったんだけど、ビートルズはギシッ！　と来たっていうかね。〝ロック！〟っていう感じでしたね、やっぱり。最初は「抱きしめたい」だったかなあ。
ビートルズはいろんな時期あるけど、全部すごいよね。

第三十三話

月の砂漠より謎の譜面を

謎《なぞ》の譜面を君に送ろう。僕の最新の曲が書かれている。全音符と4分音符と8分16分32分64分128分など算数計算のような5線紙の上に重大な秘密が隠されている謎の譜面を君に送るよ。所詮《しょせん》楽譜などでは音は聴こえてこない。音のすべてが割り算では解決できないのだ。人の心も同じだ。数学や計算では誰の心も説明できない。出来るわけがない。だが、おどろかないで欲しい。フェルマータの長さが何分なのか何時間なのか、何十年なのか人々にはわからないが君にはすぐにわかるはずだ。428小節のスラーの上がっていく感じが君にだけはわかるだろう。君のその透き通るような白い頬《ほほ》にひとすじの涙が流れるにちがいない。だってこの謎の譜面を理解できるのは君だけなんだぜ。わかるだろ?

僕は月の砂漠に住んでインターネットで世界中の情報を手に入れるのさ。遠い地球を離れ、ひとりで暮らしてるんだ。思いつくままに曲を書いたり絵をかいたり字をかいたりマスをかいたり背中をかいたり恥をかいたり、色々かいてるのさ。ああ、早く君に会いたい。宇宙の星だけが僕の友達なんだ。地球の笑顔は僕を幸福にしてくれるよ。そーいえば、吉祥寺曼陀羅のところの三鷹楽器の隣の居酒屋で君と飲んだことがあったな。君は酔っぱらって僕に甘えたりした。覚えてるかい？　忘れられないメモリーだよ。あの時二人でボ・ガンボスをよく聴いていたね。独特のリズムがかっこよかった。どんと(＊注)はまるでロックン・ロールのグルみたいに光っていたな。しっかりした体格の若々しい男がグルーヴの中で踊っては歌っていた。あいつはロックン・ロール・グルだった。

僕がどんとに初めて会ったのはまだ地球に住んでいる頃で、昔の渋谷のマック・スタジオ。エレベーターの無いこのスタジオでは急な階段を重いアンプやギターやハモンドを人力で2階まで上げなくてはならなかった。リハーサルを終え、階段を降りていく途中で大きなアンプか何かが下から登って来た。「あっ、キヨシローさんだ。こんにちは。がんばって下さい」と、その楽器を運ぶ何人かがかりかの中の一人が言った。僕は「おう。ここんとこ調子はどーだい。うまく事は運んでるかい」と答えた。当時、僕は初対面の人にもそのようなアイサツをよくしていたのだ。「ええ、ばっちりですよ」と答えたのが、どんとだったのだ。その時は知らなかったが、そのすぐ後にセブン・イレブンか何かのCMでよく見かけるようになったのだ。そのCMを見るたびに「階段で会った男だ」と思った。

それからすぐにどんとはローザ・ルクセンブルグからボ・ガンボスとなり派手にブレークした。いいバンドだと感心した。こんなバンドが市民権を得るなんて、いい時代がやってきたと思った。上っ面だけの芸能人の時代もいよいよ終わりだ。ざまあみろ。だが、もちろんそれは俺の独り合点のぬか喜びだったがね。まあ気にしちゃいねえさ。どんとはその後時々会うことがあった。いっしょに酒を飲んだりもした。イベントでいっしょになったり……。雰囲気のあるいい奴《やつ》だった。俺の音楽の理解者だったというのに……。もっとたくさん会えば良かったが今はもう遠い。今年も年賀状が届いたばかりだったのに……。さようなら、どんと。安らかに眠ってくれ。

俺はこの月の砂漠で昔のことを想い出しては笑ったり、時には涙を流したりする。ひとりぼっちとはいえ、なかなか人生は忙しいもんだ。

BO GUMBOS
BO&GUMBO　エピック／発売中

どんとに最初に会ったのはローザ・ルクセンブルグの頃だけど、ローザのほうはあまり知らないですね。ボ・ガンボスはいいバンドでしたよ、ほんとに。RCの頃にライヴ・イベントで共演したこともあって、「雨上がり〜」を一緒に演ったんだよな。あと彼が沖縄に引っ越してから、あっちでたまに会ってたんですよ。ライヴをやると観に来てくれたし、飲んだこともある。でも、どんな話をしたっけなあ？　あまり盛り上がらなかったですねえ（笑）。

（＊注）どんと
　1983年に結成されたバンド「ローザ・ルクセンブルグ」は「京都のRCサクセション」などと呼ばれた。表面的なスタイルというよりは、どんと（ローザ）のミュージシャンとしてのスタンス、「根っこ」の部分に、キヨシロー（RC）との本質的な共振が感じられ、聴き手もそれをキャッチしていたのだろう。ローザ解散後「ボ・ガンボス」で一躍大ブレイクするも、どんとは94年にバンド脱退を表明。95年には沖縄に移住してソロ活動を開始。「琉球」をねじろに自在な〝宇宙〟音楽漫遊を続けたが、2000年1月28日、ハワイ島にて脳内出血のため魂が肉体を離れる。享年37歳。2003年から毎年1月に開かれているトリビュート・ショー「soul of どんと」には、キヨシローも参加している。

第三十四話

ちょっと待ちねえ、これを聴きねえ

時々あることだけど、みんなが真面目《まじめ》に打ち合わせや会議なんかしてるのが僕にはおかしくて仕方ないんだ。それでつい受けないギャグをやったり、くだらない事を言ってお茶を濁すつもりが混乱にまで発展してしまったりする。くだらない事で一喜一憂してるのが人類というものだ。僕もそんなものに真剣に取り組んでるときも多々あるが、時々お茶を濁したくなるのさ。ヘソまがりとか目立ちたがりというのではなくて、自然にそんな気持になってしまうんだ。「何を言ってんだ。くだらねえ」って思ってしまったりね……。そんな俺のことを人々は大人になれない奴だとか変人だとか色々な評価を与えてくれたり、二度とつき合ってくれなくなったりする。でも、気にすることもないさ。ちっぽけな事だ。音楽はずっと鳴ってる。相変わらずの古いロックン・ロールが鳴ってるよ。例えばザ・バンドの「ムーンドッグ・マチネー」。「ちょっと待ちねえ、これを聴きねえ、ムーンドッグ・マチネー」と、煮詰まった会議で昔、発言してしまったことがあったな。あの時ほど、どっちらけにしらけた事はなかった。

ざまーみろだ。ムーンドッグの中の曲は全部かっこいい。すばらしいカバー・アルバムだ。その日暮らしの歌ばっかりなのに、その辺の奴らよりもずっとしっかり地に足が着いてるぜ。お前なんかよりスーダン上だよ。俺はもう帰る。くだらなすぎて笑いが止まらなくなるといやだから、もう帰るよ。じゃーな。くそ、これ以上、顔にしわが増えたらモモヨに嫌われちまうぜ。笑わせやがって。

俺はドアを蹴《け》って外に出た。外はふぶきだ。今年の一番冷える夜だった。何てこった、寒すぎる。あったかい会議室でイビキでもかいてりゃ良かったな。コンビニでおでんかなんか買ってもどろうかな、「さっきはびっくりした？　どー？　みんな食べない？」なんて言ってさ、とも考えたがやめとこう。あんな奴らはもううんざりだ。俺は一人でだって生きて行けるだろう、たぶん。曲を作って歌ってりゃ何とかなるだろうさ、たぶんな。

とぼとぼ歩くうちにだんだん清々《すがすが》しい気分になってきた。ガキの頃のそれとは比べものにもならないが、大人としてはなかなかちょっとこれは清々しい。久しぶりに味わう気分だ。俺は歩きながら自然と顔がほころんできていた。冷たい空気の中を一人笑顔で歩いていた。

この文を読んでも「何かあったんですか。心配です」とか「元気を出して下さい」などと言う手紙はよこさないで欲しい。近況を書いてるわけではなく、フィクションの中のメンタルな感じなんだよ。まあ、自分なりの独り善がりの文学のようなものさ。ロックン・ロールなんて、つまり安っぽい文庫本、ペーパーバックみたいなもんだな。誰の心にも残らなかったり残ったりするのさ。それでいいじゃないか。この世に悪が栄えたためしはないのなら、怠慢が栄えたためしもないだろう。腐ったレコード会社はいつまで存続するのだろうか。インターネットとかで曲が買えるようになってもレコード会社の存在価値はあるのだろうか。あの、いばってる奴らは早く居なくなって欲しいよ。何もわかってないくせに偉そうにしてるなんて、そんなみっともないことはない。みんな同じ人間でこの国の国民でこの星の住人なのにさ。

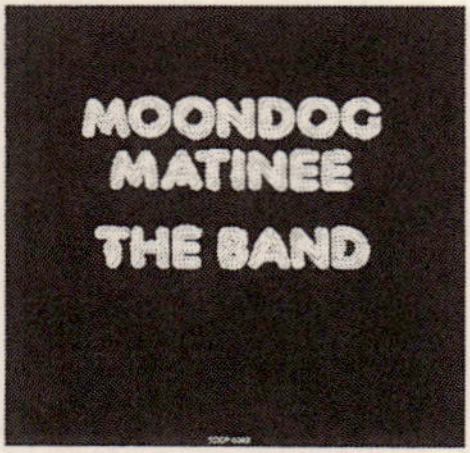

The Band
MOONDOG MATINEE CAPITOL／発売中
これはさっきの「カフーツ」のあとかな？ 全曲、ロックンロールとリズム&ブルースのカバーなんですよね。ザ・バンド独特の解釈で昔の曲を演ってるっていう。これも当時かなり聴きましたねえ。えーと、お気に入りの曲は……全部いいっすね（笑）。流れもいいし。これ聴くと、すごくうまいバンドだというのがわかりますよ。音楽性も独特だしね。ミュージシャンって、カバー・アルバムを作ってみたくなるもんかもね。

第三十五話

ロス・アンジェルスから愛を込めて

ロス・アンジェルスの小さなライブ・ハウス。クルマで一時間ほど行った郊外にポツンと建っていた。昔なつかしい、サム＆デイブが出演するというので俺達はよろこびいさんで出かけた。長い行列が並んでいて入り口では白人がとてもいばっていた。あいつはまるで奴隷商人みたいだな。自分が一番えらいと思ってんだぜ。なんてみんなで言ったら入り口のところで俺たちは本当に奴隷か捕虜のようにあつかわれた。ひでえもんだ。世界中どこでも田舎ではひどいあつかいをされたりするものさ。どうせ俺たちは黄色だよ。赤も黄色も白も黒もみんな平等のメンバーズ・オンリーなのかと思っていたがそうではないらしい。あの白人はドイツ軍の機関銃に撃たれてそのうち死ぬだろう。コンバットの中ではね。でも現実はテレビ・ドラマではないので、お前の言うことをきいてやる。ＯＫだ、そんなにいばるなよ。くそＬＡの田舎者のくせに。

俺達はそのライブ・ハウスの中に入った。すぐにバンドが演奏を始めて、サムとデイブが出て来たんだ。ショー・タイムだ。すごいぜ。二人がステージに現れただけで別世界のようだ。宇宙ステーションでライブを見ているみたいだ。アメリカじゃない、どこか理想の世界でサム&デイブを観てる。黒人も白人も黄色人種もみんな平等にその歌声を聴いてんだ。誰も文句は言えない、あの入口の白人のクソ野郎も。「待ってるよ、今すぐに行くからね、まだ行っちゃダメだよ、すぐに僕が行くから」とサム&デイブが歌っている。オープニングからぶっとばしてくれるぜ。「早く〜! 早くきて〜!」と女どもが悲鳴をあげている。

これがリズム&ブルースだ。本当の音楽だ。アメリカ南部で生まれた嘘偽《うそ》りのない音楽。すべての人々が影響されてしまった音楽だ。かっこいいぜ。くそくらえだ。誰も俺の邪魔など出来やしない。入口あたりでせいぜいいばっているのが精一杯ってところだろう。かっこつけたい奴はかっこつけてりゃいいのさ。俺は山に向かって叫びたい気分だ。叫びたいぜ!「ヤッホーッ」ってな。いい気分だ。奴らは叫んだこともないんだ。入口でいつもふんぞり返っていばっているだけさ。番犬みたいだぜ。俺は今、遠い遠い昔の話をしてるんだ。今夜ふと思い出したことを話している。でも世の中は変わってないぜ。ミレニアムだかミディアムレアだか知らないが人間が決めたことだ。ここからここまでが100年で——とか勝手に決めたことさ。いちいちうかれてる場合じゃない。つき合ってはいられないね。世の中は変わってないどころか悪くなってんだ。どんどん、くだらなくなっていってる。音楽もTVもどんどん低能になっていってる。殺人も犯罪も短絡的になってる。警察は庶民を守ってはくれなくなった。レコード会社のほとんどの社員は音楽を知らない。社長も雇われだ。雑誌もそうだ。広告を載せないと取材もしてくれない。誰も本当のことを言わなくなってしまった。利権やせこい金で心を閉ざしちまったのさ。おもしろいお国柄だ。誰も騒がない。みんな静かにしてる。とても静かな夜だ。あっ、ごめんね、ちょっとうるさかったかな？　なんか、いつも僕は同じような事を書いてるな。まあ、それもいいだろ？　30年間同じような事を歌ってきたんだから。

SAM&DAVE
I THANK YOU　イーストウエスト／発売中
これはサム&デイヴの最後のアルバムかな？　あまりヒットしなかったと思うんですけど、隠れた名盤なんですよ。ラップとかをすでにやってるし、「ザット・ラッキー・オールド・サン」のアレンジは「トライ・ア・リトル・テンダネス」あたりにつながるメンフィス・サウンドなんですね。サム・ムーアとはRCの頃に共演してます。それは「THE DAY OF R&B」というアルバムになったけど、RCで唯一CD化されてないレコードですね。

第三十六話

俺のことは早く忘れてくれ

俺を待たないでくれ。俺を待っていても無駄だ。何故《なぜ》なら俺は先に行ってしまったんだよ。君をおいて、もうずいぶん遠くまで来てしまった。だからそこに座って待っていても無駄なんだ。わかってくれ。俺はいかねばならなかったのだ。君と別れるのはとても悲しい事だったが仕方が無かったんだ。俺のことは忘れてくれ。俺もきっといつか忘れるだろう。今はとても苦しいがいつか楽になれるだろう。早く俺のことを忘れてくれ。夜が来る前に忘れた方がいい。夜というやつはきっと君を悲しくさせるはずだから。どんな悲しい事だって、明るい陽射《ひざ》しの中にあれば暗い夜の中にあるより、悲しくはないはずだ。夕陽よ急がないでくれ。忘れてしまう前に夜よ、やって来ないでくれ。早く忘れてしまえ。

後ろ髪を引かれるとはこのことだ。足どりも重い。何度も立ち止まっては溜《た》め息をついた。気がつけばここは赤坂溜池あたりだ。

(思い出すなあ、ルイズルイス加部)俺は人気者だった。特に君には人気があった。

君と僕が初めてキスをしたのは……、ああ、いかん。忘れるんだ。俺は何を想い出してるんだ。滅相もない。とんでもないことだ、想い出すなんて！　酒を飲んで忘れようか。いや、やめておこう。酒はこの足を鈍らせるにちがいない。前に進めなくなる。君の顔がこれ以上頭の中でグルグル回ったら、俺は目が回って歩けなくなってしまう。くそー、何てことだ、こんなにも別れが辛《つら》いとは！　どうか俺をゆるしてくれ。（次号に続く）

……なにー？　まだ字数が足りないってか？　そーか、じゃあもうちょっと書くか……。えーと、愛していたのは本当なんだ。何度も愛してると言ったのは、あれは本当なんだ。今も心は変わっちゃいない。では何故行くのか？　と君は言うだろう。それは！　それは……、えっ？　ちがうよ。新しい女が出来たなんて、そりゃあ、キミ、ちがうよ。ちがいますって、それは、もう、ぜーんぜんちがうね。間違いだ、そういうのじゃないよ。俺はそういう浮ついた人間じゃない。ちがう、ちがう。そういうのじゃないに決まってるよ。そんなに信用できない男と君は愛し合っていたと言うのかい。まさかー、ちがいますよー。

えー？　だったらナンデって？　ナンデって、その言い方おかしくない？　ナンデって、なんでカタカナになるのよ。変じゃん、それ。君の言い方が変だから、カタカナにしちゃうわけじゃん。そーだろ？　ちがうって言ってんのに、なんでカタカナでナンデ？　って聞くのよ？　変じゃん、それ。ぜんぜん変だよ。まーったく。何言ってんだ。どーしちゃったのよ。変じゃん、だってさー。そういう質問するってこと自体がおかしいって。しかも、カタカナを何故そこで使うのよ。ひらがなか漢字でいいじゃん。そこでカタカナしちゃうってところがそもそも疑ってるみたいじゃん、俺のことを。ぜーんぜん、おかしいよ。そういう感じって。何言ってんだよ、もう、俺、気分こわれちゃったなー。だいなしじゃん、こういうのって。だってさ〜……。（完）

字数どーだ？　ＯＫ？　足りなかったら言ってね。

加部正義
コンパウンド　東芝／廃盤
マーちゃんは、'79年ぐらいかな？　ＲＣが屋根裏で演ってる頃に、よくチャーと観に来てくれたんですよ。これは赤坂溜池の東芝の「３スタ」ってところで曲を録ってるのを見に行ったんですけど、その時になぜか非常ベルが鳴っちゃってですね。それで「非常ベルなビル」という曲ができてしまったという。ジョニー、ルイス＆チャーとはＲＣが前座として廻ったこともあるし、彼らの中に僕が入って〝ＫＪＬＣ〟として演ったこともある。

第三十七話

昨日、天国から天使がここにやって来た

ある日天使が舞い降りてきた、この狭苦しいアパートの部屋に。可愛《かわい》い笑顔でいっしょに写真に写ろうと言った。ギターを弾いて歌ってとも言われた。僕はギターを鳴らした。でも、すぐには歌は想い浮かばなかった。とても可愛い娘だった。僕はひたすら歌を考えた。この子のために何か歌わなくちゃ……。

それでやっと出来たのが「エンジェル」っていう歌だ。僕は歌った。彼女はとてもうれしそうに笑って、僕にすべてをくれたんだ。僕はその日から変わった。この人生に希望が持てるようになったんだ。いつもつまらない曲を誰かに言われて弾いてるバンドマンにおさらばした。僕は自分の歌を歌うべきだと思ったから。それで所属していたプロダクションに行って、「僕はやめたいです。30歳になったら、またやるかも知れない。それまで僕は自分の歌をさがしたいんです」と言ったのさ。するとマネージャーは「ちょっと待て、お前の気持ちは良くわかった。だが、ちょっと待て。そのエンジェルっていう曲をデモってみないか。スタジオをおさえてやるぜ。もちろんタ

ダだよ。給料も今まで通りに払うように俺から社長に言ってやる。やめるのは自由だが、その前にデモ・テープを録《と》らせてくれ。アイドルか何か誰かに歌わせてもいいし……」と言うのだ。僕の曲なんかアイドルが歌ってもダメだと思うよ。僕の歌は僕が自分で歌うべきなんだ。でもスタジオに入れるなんて素敵なことだな。僕は一生懸命やります。スタジオに入れてもらえるなら精一杯やりますよ。ああ、うれしいな。スタジオで歌えるなんてな。プロのエンジニアが録音してくれるんだよ、僕の歌を。やめる前にもう一度やってみよう。それがあの天使に対する恩返しってもんだろう。

僕はアパートに帰って、天使に相談した。すると彼女はこう言った。「あの人達は腹黒い人達よ。あなたのことをずっとだましてきたのよ。音楽なんてわかってないじゃない」僕はちょっと悲しくなった。安い給料で雇われていたとはいえ、そんなに、そんなひどいプロダクション業務なんてあるのかよ。少しは僕の音楽を買ってくれてたんじゃないのかな……。プロダクションはいくつものタレントを安い給料で雇って〝ヘタな鉄砲も数撃ちゃ当たる〟的な考え方で商売をしている。一発当たればでかい。君の音楽なんか買っちゃいない。パーソナリティーとして見ているだけだ。音楽をやりたくたってお笑いに廻されるかも知れない。プロダクションにいる限り商品でしかないのだ。音楽なんかまじめに考えちゃいない。もし音楽をまじめに考えているスタッフがいるのなら、この国のヒット・チャートはいつの時代もこんなに低能じゃなかったろう。そこにこの国の限界があるんだよ。本当の音楽バカが認められない世界なのさ。そこが欧米諸国とちがうところなのかも？

でも、それでもいいんだ。有名になりたいんだ。テレビに出たいんだっていう若者がごちゃごちゃいて、そいつらを利用して金もうけを考えてるのがプロダクションてわけだ。

天使は僕の手をにぎって「あなたはスタジオであなたの歌を作りなさい。そして、現実を知りなさい。私も空から応援してるわ」と言った。その頬に一筋の涙が流れた。

さようなら、エンジェル。僕はもう少しがんばってみるよ。君のことは忘れない。

JIMI HENDRIX
ANGEL (from CRY OF LOVE)　ポリドール／廃盤
「エンジェル」はヒット曲ですよね。このアルバムは彼の死後に出たやつだと思うんですけど、死ぬ間際まで録ってたらしいですよ。
でも最後まで自分でやってないから、サウンドはやっぱ今ひとつっていうか。
「エンジェル」はロッド・スチュワートもカバーしてるぐらいの、いい曲です。
まあロッドのほうは、あきれるくらい良くないんですけど（笑）。
しかしお蔵入りさせた曲を、死んだあとに出されたらイヤだろうなぁ……。

第三十八話

毎日がとても退屈だったから俺はインディーズに走った

毎日がとても退屈なのでCDを1枚作ることにした。みんなに相談を持ちかけたのに、バンドのメンバー以外、誰にも相手にされなかった。でも、ずーっと、作りたいんだと俺は言いつづけていた。作りたいんだ。作るんだ。俺は作ってるんだ。曲を作っていた。曲を作った。スタッフは「RESPECT!」とかのデビュー30周年記念イベントで手一杯だった。CDやビデオ、DVDまで出すらしい。俺は一人でも出来るぜ。しかも俺は一人じゃない。メンバーも揃《そろ》ってるんだ。30年やってきたからって、それがどーしたっていうんだ。そんな過去の実績で俺は商売なんかしたくねえよ。いつだって、バンドマンは白紙の状態から新しい曲を作ってるのさ。作らなきゃ、すぐに終わっちゃうんだよ。いつだって歌いたいことは山ほどあるし、俺のギターはサイコーなんだ。次の日、指が痛くなったって別にそれで死ぬわけじゃないだろ?

俺達はCDを作り始めた。スタジオなんかおさえるのも金もかかるし、カッタるいので、俺の家でやり始めたんだ。まず、4日間でほぼ全体が見えた。新しい曲を5曲録音した。メジャーではおそらく出せないような曲ばかりだ。ざまーみろ。いい感じだ。こういうのが本当のロックン・ロールなんだ。業界の誰にも相手にされないような歌ばかりだ。奴らは口をそろえて言うだろう。「いやー、すごくおもしろい。でも売れ線じゃない」ってね。おまえらの売れ線がどんな歌なのか俺はよく知ってるよ。退屈でアクビが出るような歌だろ？　しかも若くて、ヘタな奴が細い声で歌ってる歌だろ？　俺にはそれはできない。ヘタじゃないし、若くもないしね。自分の歌で退屈したくはないし。

だから、いいから、俺達だけで出来るからほっといてくれよ。もちろん、メジャーのレコード会社さんにはたのまない。彼らはあきれるくらい時間がかかるからな。会議だの予算だのと。出来上がったら、すぐに自分達（インディーズ）で出すよ。俺達は発表したいんだ。みんなに聴いて欲しいのさ。俺達の新しい曲を特に若い人に聴いて欲しい。こんなメッセージを曲にのせてるんだぜ。君はどう感じるのかな？　まだまだ世の中は捨てたもんじゃないだろ？　こんな老人達が作り出す音楽がめちゃくちゃはじけているんだぜ。

「私は今年で82歳になる。君にくらべりゃ、私は自分がやりたいことをやってきたとは言えないな」と叔父さんは言った。「何言ってんだ、そんなことはないだろ？　俺は叔父さんのことはよく知ってるよ。さんざん好きなことをやって生きてきたってことはよく知ってるぜ」と俺と叔父さんは昼間からビールを飲んで笑った。叔父さんは八王子の中学校の校長先生をやっていたことがある。終戦後〝でもしか教師〟として教員になったのだという。〝でもしか〟というのは〝教師でもなるか?〟とか〝教師にしかなれない〟と言った一部の教育を受けた人間が自分を卑下していった流行語らしい。

叔父さんは暴走族の奴らやねじ曲った奴らに敢然と立ち向かって行ったのだと聞いた。そして今でも友人関係を築いているそうだ。もちろん本人の口から聞いたのではないが。クリエイティブな奴とそうでない奴。人には2種類あるんだと思う。人に使われてる人と自分で作り出す人だ。君はどっちが楽だと思う?

V. A.
RESPECT!　ポリドール／発売中
30周年記念っていわれても、あんまりいい気持ちしなかったですねえ。このコンサートの案は、実はマネージャーから出てきたんだけど、「やめようよ」って言ったんですよ（笑）。で、「僕がやってるんじゃないって、ちゃんと前面に出してほしい」と言ったんですよね。それがファンの人にはなかなか通じなかったみたいで、すごくヤでしたね。だけどやってみてびっくりしましたね、「僕って若者に影響力あったんだなぁ」って（笑）。

第三十九話

泥水(マディ・ウォーターズ)を飲み干そう

送ってくれたテープは聴かせてもらったよ。君はギターを弾いてるんだっけ？　あ、歌も歌ってんだ？　そーか、なかなか良かったよ。俺はいいと思うよ。もしも君が自分の作り出す音楽を好きだったら、ずっと続けられるだろう。俺はツンクとかコムロじゃないんで、君をスターにまつりあげたりは出来ないんだ。プロデューサーじゃないんでね。俺にはプロデューサーなんて、ろくに歌えない、ギターも弾けない人間がやることのように見えてしまうんだ。これは世代的な感覚だと思う。歌えない奴が偉そうにふんぞり返ってる姿イコール、プロデューサーなんだよ。まあ、それは一種の偏見だけどね。でも俺の目にはそう見える。オーティス・レディング、ジョン・レノン、ローリング・ストーンズ……彼らが誰かのプロデュースをしてる姿なんか俺は見たくないんだもん。彼らはいつだって自分で歌っちゃうんだよ。すげえかっこいいやり方で世間の奴らをぶっとばしちまうのさ。若い素人の女の子を利用したり、大手プロダクションやテレビにこびたりなんか一度もしたことはないのさ。俺もあやかりたいよ。そういう野郎になりたいのさ。だから君が自分の音楽にもしも自信があるなら、自分でレコードを作るべきだ。自分で自分をプロデュースするべきだ。それが21世紀の姿だよ。もう時代はとっくに変わろうとしてるんだよ。しがみついてる古いやり方はとっくに時代遅れだから、レコード会社は衰退してるのさ。ベスト盤しか出せないんだ。ベスト盤は安いコストで作れるからね。新しいサウンドを流行《はや》らせようとか新しい音楽を売り出そうっていう気持には誰もなれなくなってしまった。悲しいことだ、せっかく音楽に携わっているのに。銀行や自動車会社のようにレコード会社も合併や吸収合併をくり返して、せいぜい3つか4つくらいになっていくだろう。多くのバンドやディレクターがリストラされるだろう。そしてますます軽い使い捨て音楽が流通されるのだろう。悲しいことだが、真実だろう。

それでも君がもしも君の音楽を信じていて、自分の作り出す音をみんなに聴いて欲しいと思うなら、それを続けるべきだ。誰に何と言われようと最高の音楽なんだろ？ 800万枚売った女の子が今後どうなっていくのかは興味深いところだけど、800枚ずつ1万枚のレコードを作ったたっていいじゃん？

自分で自分のプロデュースも出来ない奴なんて、どうせ長続きはしねえよ、悪いけど。パッと稼いでパッと散る。君がそれでいいんなら、それでいいし、本当に自分の音楽が好きだったら50歳になっても60歳になっても音楽をやってステージに立つだろう。マディ・ウォーターズを知ってるかい？　80歳を超えても現役で死ぬまでイカレたブルースを歌っていた人だよ。本当に何よりも音楽が好きだったんだよ。世界にはそういう人がたくさんいるんだぜ。君だってそうなれるさ。希望を捨てない方がいい。俺はサイコーなんだって信じるんだ。既成の概念なんか疑ってかかった方がいい。「なんでなんだ？」っていつも子供みたいに感じていたいぜ。ふざけんなよ、俺がサイコーなんだっていつも胸を張っていたいだろ？　本当は誰だってそうなんだ。ＯＫ、そうと決まったら、誰に相談する必要もない。もう君は世界で最高の音楽をやってるイカレた野郎になったんだ。がんばれよ。また新しい曲を聴かせてくれ。

MUDDY WATERS AT NEWPORT　ユニバーサル／発売中
有名なライヴ・アルバムですね。ほんとはスタジオ盤のほうが好きなんですけど。
マディはブルースでもリズム＆ブルースにすごく近い、そういうタイプのブルースマンですね。もう音楽そのものが〝マディ・ウォーターズ〟で、たまたまブルースに分類されてるだけ。すごい影響力です。
最初に動いてるマディを見たのは「ラスト・ワルツ」だと思うんですけど……あんまりギター弾かないんでびっくりしました（笑）。

第四十話

たかだか40～50年生きて来たくらいでわかったようなツラをすんなよ

マジカデ・ミル・スター・ツアーが続いてる。3週間で15本のギグだ。とても間近で演《や》るライブ。すごい。客の顔は50㎝くらいのところにある。でかい。客の顔ってでかいんだぜ。市民会館やイベントなんかでは虫けらのようにしか見えなかったのに、本当は人間だったんだ。息をして酸欠になったりしてるし、汗だくになって叫んでる。まるで友達みたいだ。俺といっしょにこの瞬間に同じ仕事をやりとげようとしてる仲間のように感じる。俺は感傷的な精神の持ち主なのかもしれないが、このライブ・ハウスのギグにすごい感動してる。青くさい野郎だとか、いいトシこいて何言ってんだとか、嘘をつくなよオッサンとかって言う人もいるだろう。でも、やってみればわかるさ。俺は本当にそんなことを感じるんだ。しかも毎晩のように実体験してる。こいつはすごいことだぜ。客も近けりゃ、後ろにある楽器（アンプやドラムセット）も近い。家で曲を作っているみたいだ。とてもダイレクトだ。「今の曲、どーだった?

よかったかい？　もうちょっと歌詞にひねりを加えた方がいいかな？　それともストレートで行くかい？」なんて目の前の女の子に聞いてみたい。「ちょっと、ギターの2弦のチューニングが下がってるぜ」なんて男に言われそうだ。

俺は本当に長い間（といっても30年程だけど）やってて良かったと思う。また、こんなライブ・ハウス・ツアーを実現できたんだからな。まるで友達の家に遊びに来たみたいだ。バスでやって来たんだよ。バスだ。メンバーもスタッフもみんなこのマイクロ・バスに乗って遠い遠い道をぶっとばして来たんだ。俺達の新しい曲を君に聴かせたかったからだよ。だって俺達は常に新しい歌を作っているのに、昔のヒット曲にしか自分を見いだせない輩《やから》がとても多いんだ。誰かにまかせていたんじゃ、過去の曲だけに流されてノスタルジーにされちまう。人々を想い出の中に閉じ込めてミイラにしてしまおうと誰かが陰謀をたくらんでいるのさ。上からの圧力かも知れない。「若い頃は良かった」と思う人間ばかりだったら、政治家どもの思う壺《つぼ》だ。「芸術家は常に過去をのりこえて新しい物を作ってる」岡本太郎先生の言葉だ。俺は芸術家になりたいと思ってるのさ。大きな声でもう一度言おう。俺は芸術家になりたいといつも思ってるんだ。それは中学生の頃からずっと思ってることなんだ。昨日作った歌はもう今日になったら古くなってるかも……と思う。多くのファンの方々は「雨あがりの夜空に」を歌ってくれとか言うのかも知れない。「ＲＣは今、聴いても新しい」って言う人もいる。でも、それは違うよ。RCはもう古いよ。もう10年も前に活動を中止したんだ。古いものが良くないっていうんじゃないけど、古いものばかりやらされたんじゃたまらないぜ。俺の身にもなってくれ。RCなんか知らない若者が僕のライブにはたくさん来てるんだ。お父さん達が来なくなっても、世代交代のように若者が俺の新しいバンドで踊りまくってるんだよ。それに俺はやっといいメンバーに巡り会えたのさ。悪いけど、俺の本心だ。ラフィータフィーはもっとすごいぜ。過去の若かりし頃の自分にすがりついて行くのか、常に新しい発見を求めて行くのかっていう問題だ。少しくらい年を重ねたからってわかったような顔をしてもらいたくないんだ。俺は同世代のオヤジどもにそれが言いたい。

ラフィータフィー
夏の十字架　SWIM RECORDS／発売中
もうあきれてますよ。インディーズも何なんでしょうかね？　よくわかんないですよ。仕事が成功して大きくなってくると、みんな同じような体質になっていくのが寂しいですね。で、ジャケットは「冬の十字架」と同じ国立の実家なんですけど、ちょっと夏向きにしてみまして。「君が代」のライブ・バージョンを入れたのは「RESPECT！」の時にもれたからです。〝またしてもポリドールからは出せない〟っつうことで。そりゃそうですよね（笑）。

第四十一話

ユーモアが必要さ、僕らの僕らの間には

「ライブ・ハウスのロックは単純で素朴で正直なものだから芸能界みたいなイジリ方はしないで下さい」と言ってる本人が誰かをそのライブ・ハウスに出入り出来ないようにして、発売予定のCDを発売中止(＊注1)にした。俺はその店、出入り禁止になった。「夏の十字架」は発売中止だ。もうその街も嫌いだ。その街に行くと嫌な気分になるから、もう行きたくない。ユーモアを理解できない人間とはつき合いたくない。ピンハネをされたっていいけど俺達が笑いながら作った歌に怒る奴とはもう二度と会いたくないよ。いったい芸能界みたいなイジリ方ってどーいうことなんだ。あいつの方がそんなことをしてるんじゃないか!! 権力をふり回す奴らと同じだ。もうインディーズも終わりつつあるようだ。でもいいさ。相手が小さすぎる。いちいちケンカもしたくねえ。あいつは小さな根性で生きていくのが似合ってる。俺には関わりのないことだ。見るに見かねたそのインディーズ会社の社長が問屋さんを紹介してくれた。直接問屋さんとやってくれってことだ。かわいそうな社長さん。わかったよ。やるだけや

ってみる。仲間と力を合わせて何とかやってみるよ。ありがとう。社長さんの会社が間に入らないだけ利益も少し増えるだろう。俺の単純で素朴で正直なロックを自力で何とか発売日に間に合わせるよ。ありがとう。俺は誰も恨んでないよ。相手にしてないだけだ。小者とケンカしてもどうせ泥仕合になるだけだ。理解し合えるとは思えない。

しかし、いつからだろう？　いったい、いつからユーモアが通じなくなってしまったんだろう？　キツイ言葉の辛辣《しんらつ》な言い回し、イギリス人や江戸っ子や大阪人みたいなそんなユーモアがもう通用しなくなってしまったようだ。教育の問題かも知れない。わかりやすいだけのテレビの影響かも知れない。無能な政治のせいかもしれない。それとも食物か電磁波のせいか……。でも、ユーモアが通じない、誰も笑わないってことは、意味が通じないってことだろ？　何か言うと誰かを狂わせたり怒らせたりしてしまいそうで怖い気もする。何も言わないでベンチャーズみたいなかっこいいインスト・バンドでもやるかな？　ＹＭＯとか……おっと、こんな事を言ってるとまた誰かが頭に来ちゃったりするんだろうな。まいったなー、こりゃ動きがとれないぞ。インターネットでもやって顔のないアクセスでも繰り返すか……。しかし、それもメンドクサイ。あー、おっとこんな事でまた頭に来る人がいるのかも……。取り消すよ。そして陳謝する。とりあえず謝っとくよ。芸能界からホサれたり、放送局から出入り禁止になったり、レコード会社から発売中止にされたり、30年ほどの間にいろいろ経験した。そして今、インディーズの世界で同じ経験をしている。メジャーと同じ体質を見せつけられている。俺の人生っていったい何なんだ？　誰か教えてくれ。ユーモアを知ってしまった俺の罪なのか⁉　ヘルマン・ヘッセも書いている。ユーモアが大切なんだ。ユーモアのわからない人間が戦争を始めるんだってね。でも俺はみんなに感謝してる。いろんな経験をさせてもらって、とてもうれしい。誰も俺の歌や言葉で傷つかないで欲しい。本当にありがとう。君がいつも幸せであるように……。やれやれ、何という世の中だ。いつからこの国はこんなにもセコイ人間の集まりになってしまったんだ。あっ！　また誰かムカついたかな？

ラフィータフィー
ライブ・ハウス(ｆｒｏｍ夏の十字架) SWIM RECORDS／発売中

藤井裕さんが経験をもとに歌詞を考えて、僕が手伝って作った曲ですね。地名は上原ユカリも交えて考えて。丸田町知恵光院上ルは「礫礫（たくたく）」（＊注2）で、立川市羽衣町はうちの近所。東山区は昔、藤井が住んでたところで、国立市中区３－１はＲＣの１枚目にそういう曲が入ってる。西陣はユカリの出身地で、新丸子はローディーのシャブちゃんが住んでるところ。で、最後の〝サンＱＵＥ〟（＊注3）は裕ちゃんが「(向こうも)きっと喜ぶよ」つってたのに、まったく逆でした（笑）。

（＊注1）**発売中止**
ラフィータフィー名義のアルバム「夏の十字架」収録の「ライブハウス」は、「こズルくなったな♪　せこくなったな♪」と、ライブハウス〝業界〟のショーバイを痛烈に揶揄《やゆ》。この曲に下北沢のライブハウス、ＱＵＥのオーナーが激怒し、キヨシローたちを出入り禁止にするとともに、同店系列であるＵＫプロジェクトからのアルバム発売（販売）が中止に。ついにインディーズにおいても発売中止騒ぎという〝快挙〟をなしとげる。アルバムはSWIM RECORDSからリリースされたが、文中にあるように、キヨシローたちは自らの手で販路を開拓することとなった。

（＊注2）**礫礫**（たくたく）
酒蔵を改修して造られた、京都の、ものすごく「老舗」なライブハウス。１９７４年オープン。

（＊注3）**サンＱＵＥ**
曲の最後に「サンキュー！」を連呼した後、ぺっぺっと唾《つば》を吐くような音が。歌詞カードには「サンＱＵＥ」とあり、明らかにＱＵＥを名指し。「ユーモア」は「理解されず」、逆鱗《げきりん》のモトとなった。

第四十二話

何十年ぶりのことだろう、日記をつけてるんだ

ツアーの間中、日々の出来事を日記に書いた。何百年ぶりのことだろう。日記をつけるなんて。なつかしい気持ちや青春の想い出も手伝ったりして、張り切って書いたよ、始めの頃はね。

しかし、そのうち気がついたんだ。一ヶ月もツアーをやってりゃバンドがまとまっていくのもギターがうまく弾けるようになるのもスタッフのみんなと仲良くなるのも当たり前のことだ。どっかの街で可愛い女の子に出会っても、それは何だかデビュー当時からずっとくり返してきたことじゃんか。まあ、いちいち日記につけるのも楽しいのは最初の一週間くらいだ。毎日のライヴはいつも新鮮でバンドも日々かっこよくなっていく。お客は目の前にいて、バンドと一体化してる。だが、それを文章にして日記に書くとなると5ページ目くらいからとてもつまらなくなってしまう。同じことのくり返しになってしまうのだ。「それはお前の文章力が無いからだ」と言われれば、

それまでだがそれだけの原因ではないと思う。現実にあったことを文章にした時点でフリーズドライのような現実が起こるのだ。現実を写真に写した時点、TVに映った時点で真実味が無くなるのと同じことなんだと思う。最高のアカプルコ・ゴールドが瓶詰めにされてスーパー・マーケットに並べられて、それを体に入れたとしてもまるでちがう感じがするはずだ。「あー、やっぱりフラワー・トップはうまいなー」なんて言っても、自己暗示のようなもんだ。その場でやっているのとはぜんぜんちがうだろ？　いろんな事に当てはまると思うんだ。現実に起こったことを文字を使ってノートに書いたとしても、それはフィクションになってしまうんだ。全部じゃないけど文章にした時点でフリーズドライになっちまうのさ。だから誰かさんが僕の歌にメクジラしちゃうなんてことはくだらなすぎるのさ。録音されて製品化された歌なんか、もうフリーズドライなんだぜ。あとはそれを買って聴いた人達が何だかんだと感じたりするだけさ。もうその時点で俺達は次の曲に取りかかっていたりするんだよ。次の新しいテーマを見つけて新しいリズムをさがしてるんだ。俺はニヤニヤしながら詞を考えたりしてる。「こんな言い回しはどう思う?」なんて仲間にきくと、みんなゲラゲラ笑ったりするんだ。別に君のことを歌ってるわけじゃない。最初の一行には君のカンジが入ってるかもねってくらいのことさ。すべては題材なんだ。テレビでやってるドラマと同じだ。わかるかな？　日記をつけてみればわかるよ。一ヶ月の間、日記を書くってのはけっこう大変《コト》だぜ。

俺は途中から作ることにした。明日のことや、あさってのことを自分で作って書いていくんだ。その通りの日々がやってくるとは思わないが夏休みの日記を夏休みの一日目に全部書いてしまうってことだ。全部予定表を見ながら自分でドラマを作ってかたづけちまうのさ。人生がその通りになろうがなるまいが実はあまりカンケーないだろ？ 日記をつけるというノルマだけは達成できたんだ。どうせ、本当のことを日記に書いたとしても全部は書き切れないんだ。

おこづかいを貯金して初めて買ったエレキギターとギターアンプ。僕の好きなあの娘はロックなんかに興味なしってところだ。いや〜、まいったな、彼女はぜんぜんわかってねえよ。では、また会おう。

ラフィータフィー
誰も知らない（from夏の十字架） SWIM RECORDS／発売中
この曲の〝僕の歌には力がありすぎるから〟というくだりは、そういうことを自覚してるってことを歌っといたほうがいいかな、という気持ちですかね。〝みんなはテレビが歌う歌しか知らない〟というのも実感ですね。でも最近のテレビのほうがいいですよ。まだ普通にできるっていうかね……昔はひどかったですよ、〝こうしなきゃダメ〟というのが多かったから。僕も「夜のヒットスタジオ」とかでケンカしましたねえ。

第四十三話

武田真治がやって来た

僕たちがレコーディングをしてると武田君から電話がかかってくるんだ。「ああ、今ね、レコーディングしてんだよ。あとで君にもサックスを吹いて欲しいんだ。うん、テープを届けるよ」なんて言ってると、その30分後くらいにピンポンが鳴って武田君がやってくるんだ。「おう、武田君！」なんて言って、みんなうれしいんだけど「今日は君の出番はないと思うぜ」って言うと「いや、そう思ってサックスは持ってこなかったんだ。どんな曲をやってんのか知っておきたかったんだよ、俺は」なんて、ポーズをつけて言うのさ、武田君が。それを見て、俺達は「うーん若者っていうのはやっぱりすばらしいなー」なんて思うのさ。フジー・ユーとかがね、特にそんな感慨に耽《ふけ》ったりするのさ。僕ときたらうれしいばっかりだよ。武田君は有名な俳優だけどラフィータフィーのメンバーでもあるんだ。

でも武田君は夜が弱いらしくて、すぐ寝ちゃうんだ。2曲目が終わった頃やってきて、僕たちが3曲目を始めるころには、もうソファーで夢を見ている。何て言うのかな……。でもこれはよくあるパターンなんだな。朝までレコーディングしてる奴なんて珍しいのかも知れないね。武田君はやって来ては5分後に眠ってしまうのさ。「今日のレコーディングは終わったよ。おい武田君」と言うと彼は寝ぼけ眼で「テープを下さい。いい曲ですね」って言うのさ。すげえ、いい奴なんだ。テープとコード譜を持ってバイクで去っていく姿はすげえカリスマチックしてるぜ。そのへんのクソみてえなライブ・ハウスの店長さんよりちょっと若いくらいの年齢なんだけど彼の目には世界の広さが見えてるんだと思うね。いや失礼、ライブ・ハウスの店長さんがクソみたいってことじゃなくて、そんな奴がいたってことだ。いやー、どこの店の誰だなんてここには書かないけど、俺達のCDを発禁にした奴さ。ちっぽけな奴さ。ノーウェア・マンだよ。頭の中がパンパンなのさ。世界が自分の意志で動かせるとでも思ってる奴だ。ごくろうさん、疲れるだろう?

いつも細かいことを計算して20人まではノーギャラにしてんだろ。それは恥ずかしいことじゃないさ。フッーのことだよ。そうやって、店の経営っていうのはやってくものさ。そのものズバリだよ。世界中のライブ・ハウスがそうなんだと思うぜ。正しいことをしてんのに歌にされたら怒るのかい? もっと人生の勉強でもしてくれよ。俺は有名人でスターだとでも思ってるのかい? 俺は君の近所に住んでる49歳のただのオヤジだよ。お前のやったことにもいちいち頭に来るんだよ。納得のいかないことをされたら、結構頭に来るんだ。わかるかい？　誰だって年を重ねるんだ。だけどオヤジになったら、あいつは終わったなんて、そんなマンガみたいな事はそうざらには無いのさ。誰か君の近くにいる40歳以上の人に聞いてみろよ。終わってねえんだよ。どんどん発達してんだ。30歳くらいですべてわかったツラすんじゃねえよ。何冊の本を読んだか、何枚のレコードを聴いたか知らないが、終わらないものは終わらないんだ。簡単に結論づけてもらっちゃ大まちがいなんだぜ。

誰か止めてくれ。武田くん眠ってないで俺を止めてくれ。目の前にテーノーな奴等がちらついてるんだ。

ラフィータフィー
快適な暮らし（ｆｒｏｍ夏の十字架） SWIM RECORDS／発売中
快適な暮らしって何かな？　って考えた時、昔に比べればすごい快適じゃない、どんな人も。
どこへ行かなくても何でも手に入る、物でも、情報でも……。
それって動かないから非常に体に悪いですよね。
でも、もっと快適にって思ってる人ばっかりですよね。それってどういうこと⁉
そんなこんなで作りました。音楽もいろいろジャンルが出てきましたけど、結局ブルースで良かったんじゃないの？　っていう気持ちも込めてます。

没原稿その一

フランスの友人とワインに関しての日本人向けのおはなし

山梨の友人から今年もワインが送られてきた。この間「赤が好きだ」と言ったので今年は赤ばかりだ。すばらしい。山梨の地元のワインにはとてもいい物があるのだ。若い頃は中央線国立駅を降りて帰り道、酒屋で安いワインを一本買って帰ると朝までには新しい歌が一つ出来上がっていたりした。「ワイン一本で僕は一曲作れるんだ」と有頂天になっていたことがある。でも、それは長くは続かなかった。酒を飲むことで出来る歌なんて知れてる。クスリも同じだ。うまくいくのは最初だけさ。心の底から出てきた歌には勝てやしない。

俺みたいに歌を作って歌うということを仕事にしてる者は誰でもそうかも知れないが、一日一曲作ろうとしたりするものさ。やろうと思えば出来ると思ったりするんだ。だが、それをいつまでやるんだ？　十年で三六五〇曲程の歌を作るというのか？　四年に一度閏年《うるうどし》が入るから三六五二～三曲ってことか……。しかし、実際それを始めたら、たぶん俺は月曜と火曜の二日間で七曲を作って、水曜日に完成させて、後の四日は遊んでるはずだ。まー、そんなところだろう。まして一曲につきワインを一本なんてことになったら、それこそ体がもたないからな。

山梨の友人から赤いワインが送られてきて俺は遠いフランスの人たちを想い出した。2年ほど前におおいにもり上がった奴《やつ》らだ。俺は日本語はしゃべれるが英語はカタコトだ。まあ、ブロック・ヘッズやMGSとかと音楽上のコミュニケーションがとれるくらいで、日常会話は単語でいくタイプだ。フランス人も英語は苦手らしい。つまり、カタコトの英語しか喋《しゃべ》れない奴らが出会ってしまったというわけだ。世界のいろんな所に行ってみると英語が必ずしも共通言語ではないということがわかる。ドイツに行ったときもそうだった。雪の中でエイト・ハーフとかナインのブーツ（長ぐつ）をさがしていた俺は店のおばさんに「ナイン」と言われた。それはドイツのその地方では「無い」という意味だったのだ。おばさんは、とても気の毒そうに僕に言ったものさ。こんな雪の中に遠い国からやって来たのにお役に立てなくて申し訳ないってね。「いいんだよ、おばさん。気にしないでくれ。僕は何とか歩けるから。このびしょびしょのナイキのスニーカーで、すべったり、ころんだりしながら、旅を続けるさ。グーテン・モルゲンだぜ。レッツラ・ゴーだ！」すると、ドイツのおばさんは笑って教えてくれたよ。「今はグーテン・ターク」だってね。それで僕は何だかハッピーだったな。

ナインと9と「無い」が同じだったなんて！

さて、話をフランスにもどそう。

えーと、なんだっけなー？

メルシーボクってか？

没原稿その二

日本国憲法第9条に関して人々はもっと興味を持つべきだ

あいつは左手の指がとてもよく動く。全身が凍える夜にもその指は美しいメロディーを奏でる。女はそれを見てみんな俺から去って行った。華麗なプレイを楽しみたいのか。俺は動かない手をふって別れを告げた。さようなら。今まで楽しかったよ。僕は君との交際にとても満足してたんだけどな。老人がハンカチーフをさしのべて来た。僕の目から涙があふれ出ていたようだ。「おじいさん、ありがとう。でもいらないよ。けっこうです。僕はこの涙をふこうとは思わない。流れるままにさせておいて下さい」老人は微笑《ほほえ》んで立ち去って行った。

エフェクターが無けりゃ、その左手もたいして動かないだろう。それともクラシック・ギターみたいにやっていくのかい？　選択をせまられてもいないけど、スポーツ選手じゃあるまいし、聴いてる方だって耳が疲れるんじゃないのか？　もしもまじめに聴いてるんならだけどさ。あの～、こんな時代に言うのもなんだけど、レイド・バックとかってもう無いんですかね？　そんなものを追求するとプロにはなれないのかな？　キース・リチャードとかスティーブ・クロッパーは幸運な男だっただけなんですかね？　なぜ、ケバケバしくてハデな演奏ばっかりになっちまったんですかね？

　時々ムカつくけど、ガキみたいにキレるわけにもいかない。そうさもう俺はオヤジだからな。ガキの頃はよくキレていたよ。今の画一化されたキレ方じゃないけどね。みんなキレまくってムカついていた。

　地震の後には戦争がやってくる。軍隊を持ちたい政治家がＴＶででかい事を言い始めてる。国民をバカにして戦争にかり立てる。自分は安全なところで偉そうにしてるだけ。阪神大震災から5年。俺は大阪の水浸しになった部屋で目が覚めた。ＴＶをつけると5カ所ほどから火の手がのぼっていた。「これはすぐに消えるだろう」と思ってまた眠った。6時間後に目が覚めると神戸の街は火の海と化していた。この国は何をやってるんだ。復興資金は大手ゼネコンに流れ、神戸の土建屋は自己破産を申請する。これが日本だ。私の国だ。とっくの昔に死んだ有名だった映画スターの兄(＊注)ですと言って返り咲いた政治家。弟はドラムを叩《たた》くシーンで僕はロックン・ロールじゃありませんと自白している。政治家は反米主義に拍車がかかり、もう後もどりできやしない。そのうち、リズム&ブルースもロックも禁止されるだろう。政治家はみんな防衛庁が大好きらしい。人を助けるとか世界を平和にするとか言って実は軍隊を動かして世界を征服したい。
　俺はまるで共産党員みたいだな。普通にロックをやってきただけなんだけど。そうだよ、売れない音楽をずっとやってきたんだ。何を学ぼうと思ったわけじゃない。好きな音楽をやっているだけだ。それを何かに利用しようなんて思わない。せこい奴らとはちがう。民衆をだまして、民衆を利用していったい何になりたいんだ。予算はどーなってるんだ。予算をどう使うかっていうのはいったい誰が決めてるんだ。10万円のために人を殺す奴もいれば、10兆円とか100兆円とかを動かしてる奴もいるんだ。いったいこの国は何なんだ。俺が生まれて育ったこの国のことだ。君が生まれて育ったこの国のことだよ。どーだろう、……この国の憲法第9条はまるでジョン・レノンの考え方みたいじゃないか？　戦争を放棄して世界の平和のためにがんばるって言ってるんだぜ。俺達はジョン・レノンみたいじゃないか。戦争はやめよう。平和に生きよう。そしてみんな平等に暮らそう。きっと幸せになれるよ。

（＊注）**映画スターの兄**
　1995年、石原慎太郎は、突如として衆議院議員（当時）を辞職したが、99年、これまた突如として東京都知事選に立候補、当選。立候補表明の記者会見の第一声は、「どうも、石原裕次郎の兄です」というものだった。「弟のドラム」は、裕次郎主演の映画「嵐を呼ぶ男」（1957年日活）の中の有名なシーン。

没原稿その三

忍びの世界

やはり、あの女はいない。もぬけの殻だ。追跡するべき手がかりはすべて消えている。まるでそこに存在しなかったように見事に証拠を消している。まるで忍びだ、というより、あの女はくノ一だ。俺の最愛の女にちがいない。くそっ、せっかくここまで追ってきたというのに……。また一からやり直しだ。まず頭を冷やしてゆっくり考えるか。それしかあるまい。夢にやぶれ田舎に帰る若者を見た。ずっと泣きながら街道を歩いていた。涙のあとが土をぬらしていたが、すぐに乾いてしまう。あまり土に塩分をしみ込ませるのも考えものだが、人は時として涙というものを流す、忍び以外の人間は誰でも……。

しかし、女はいなかった。女連れもいなかった。ほとんどのあの旅館の客は水にのまれて死んだはずだ。あの洪水も女が仕かけたことかも知れぬ。しかし、あんなに美しい女は二人といない。俺以外にもあの女を追っている奴は多いだろう。うーむ、腹がへった。にぎりめしでも食って、しばし眠るか……。

枯草の中で眠ろう。安全なところで眠れるのは久しぶりだ。ここで読者はなぜ枯草の中が安全なのか、いぶかしく思うかも知れないが、それはいずれ後に明らかになるだろう。

朝靄《あさもや》の中を誰かが近づいてくる。やけに頭のでかい男で足が短い、自分の意志を持ってはいるがどこにでもあるような平凡な意志にすぎぬ。つまり普通の男というわけだ。俺に話しかけてきたが無視していた。目が覚めたばかりでめんどくさかったのだ。人はときたま、自分の力量を見誤る。TV等で見るかぎり、フロントに立って歌を歌うことなどかなわぬ者がそれをやりたがってみたりする。どこにでもあるような声でいくらロックを歌っても無駄だ。しかし、それを誰も止めることはできぬ。人の自由意志をうばうことなど今の人間にはできないのだ。我々の世界とはちがい、現代は封建社会ではないとされているからだ。くだらん。誰かが本当のことを言ってやらなくては、そいつの一生はだいなしになるかも知れない。たいした声を持たぬ者を舞台の一番前に立たせて何になるというのだ。甘すぎる。それが民主主義というものか。いつもおびえているような性分の者は必ず失墜する。そのおびえがどこからやって来るのか、よく考えればわかるはずだ。草の中で静かに眠ってみれば次の朝にはわかる。しかし、それらをふまえた上での覚悟で歌うのなら2、3年ほどは何か人々にうったえることもできるだろう。だが、こんなことを言えるのも今だけだ。俺はまたあの女を追って行かねばならぬ。この俺とても、偉そうなことばかり言ってはいられぬ。ふと空を見上げると真っ赤な太陽が燃えている。美空ひばり、真っ赤な太陽、作・浜口庫之助。すばらしい曲である。これこそ日本のR&Bといえる名曲だ。機会があれば、いつか歌ってみたいものだ。しかし、それもままならぬ。大手のプロダクションに所属している歌手なら、いざ知らず、自分は名もないブルース歌手だ。まるで忍者のようなものである。いや、俺は忍びの世界に生きている。そして、あの女を追いつづけるのだ。待っていろよ、きっとお前をつかまえてこの胸に抱きしめてやる。

失礼いたす。俺は必ずお前の近くにいるはずだ。

号外（「RESPECT！」パンフレット用原稿）

眠れなかった男

風呂に入ろう。疲れた。俺は俺の疲労を回復するべきだ。その為《ため》には風呂に入って長時間眠るべきだ。よし、そーしよう。だがその前にもう一本だけビールを飲もう。何もエリート・ビジネス・マンじゃないんだから、もうちょっとこのままズルズルと夜ふけにビールを飲んでもいいだろう。今までの長い人生を過ごしてきたのと同じ事をしているだけなんだから、誰も文句は言わないだろう。勝手にやってろと言うだけだ。いいだろう。勝手にやってるさ。つれの女がいるわけじゃない。一人で夜中に起きているだけだ。

しかし、こんな事をしているとつい新しい曲のアイディアが浮かんでしまったりするのだ。そうするとギターを手にとってコードをさがし始めてしまったりということになる。やばいぞ。明日は仕事も入ってるし、何しろ俺は疲労してるんだ。しかし、その想い浮かんだ曲のアイディアというのが止まらないんだ。困ったな、と思いながら気が付くとギターを弾きながら、ボールペンを持って、紙に詞か何かを書いているんだ。誰か止めてくれないかな。「いつまでやってんだ、いい加減にしろ」とか言って欲しい。などと思うのだが、次のBメロの転回がこれまたカッコいいのを想いついてしまったんだ。どーしよう？　本来なら、ここでやめておいて、またいつかヒマな時にでも続きを考えて、曲を完成させるというのがスジだろう。だが、俺の場合は時間をあけると今のこの感じが想い出せなくなってしまうんだ。忘れちゃうのさ。今のこの盛り上がってるフィーリングを取り戻せなくなってしまうのだ。こういうのを空から降ってくると言うのだろうか。お月様が運んで来てくれるのさ。朝になったら、しらけちゃうよな。仕方がない。明日のことなどケセラセラだ。なるようになれさ。明日は明日の風が吹くんだ。明日の風には誰もさからえないぜ。今日を生きるしかないだろう。明日も生きてるとは限らないしな。などと想い悩んだり、割り切ったりしている俺の気持ちを歌詞に導入してみたりすると、おお！　すごいぞ。カッコいい内容の歌じゃねえか。これはいいぞ。オーディエンスの声援が聞こえてくるようだ。会場の割れんばかりの歓声と拍手だ。みんな涙を流しているぞ。CDも大ヒットまちがい無しだ。今度はニュース番組に出なくても売れている。宇多田ヒカルの記録をぬりかえたようだ。ついにやった。あそこで眠らなくてよかった。

よーし出来上がった。ちょっと軽く録音してみよう。こうして一人夜中に録音作業にとりかかる。心が燃えてくるぜ。まず、ドラムを録《と》ろう。汗だくだ。汗びっしょりだ。いい汗をかいてる。よーし、次はとりあえずサイド・ギターか。腹が減ったな。何か食うか。ビールはまだあったか？　お、あるある。食いながらプレイバックだ。おお、すごいグルーヴだ。歌詞がまたいい。これぞロックだ。しかし、こうなると、やはりベースも入れた方がいいな。…………。

次の日、結局俺は一睡もせずに仕事へ出かけて行った。俺の頭の中で一番新しい俺の曲がずっと鳴っていた。

BOB DYLAN
BASEMENT TAPES　ソニー／発売中
ボブ・ディランはすごく多作ですよね。実はこのアルバム自体そんなに聴いてはないんですけど、この感じが好きで……ヒマさえあればレコーディングしてるっていうかね。ジャケットの雰囲気とかも、いろんな人がいたりして。でも自宅にスタジオがあるってのは大きいです、やっぱり。僕も'94年に造ったんですけど、それからやっぱり変わりましたからね。おかげで最近は多作になったかもしれない（笑）。

くりどの何をかなでておるのだて～
尺八でござる
こふえたスイキョーな！

や、やるさん!!
ハンバーグとは!!
どーせならハンバーガーと言え。
このやろー!
フウ～
しかし、おぬし顔がさかさまでござるぞ
くるしゅうない。
またいずれ
By ラフィー

平凡な若い武士達の苦悩をみごとに描ききった名作。作者の訴えんとしたことが今の時代でこそ痛いほどわかる。

くりどの何を吹いておるのでござるか
オカリナでござる
う〜む
そいつはオカリナはなしだな……
ムッ！

舞台を時代劇に移し、現代社会の問題をみごとに描き出した名作である。警察の不祥事が多い最近、このような作品を見ると心が洗われる思いがする。

くりどの何を吹いておるのだ
口笛でござる
うっふ〜ん
ああ……

作者が珍しくゲイの世界にふみ込んだセンセーショナルな作品である。

クリちゃん何を吹いてるの？
スカー
スカー
ファゴットだよ
ぼくはしょうらいファゴットの名人に
ズル
ズル
ムッ！
そんなふけもしないのに名人だってファフィファファ
ゴット

ラフィー・イマーノの長男、タフィー・タッペーの作品である。ある日突如描き上げた名作。父と子の絆が感じられる。

通ハン生活でも
また売ってるらしいぞー
(書店売りのやつ)
スティーブ・クロッパー
武田真治
忌野清志郎・藤井裕
上原ユカリ裕

どんないい絵でも人の心にうったえない時もある。いい歌が必ずしも売れるとは限らない。作者は何を想いこの絵を描いたのであろう……？

あのな・・・・
ライブ・ハウスのな
曲がな
モンダイなんやって・・・・
そんでな、
フジイ・ユウとキヨシロー、は
出入り禁止になったで。
そんでな・・・
夏の十字架もな、
発売中止にするんやて。
あのクラブ×××と同じグループ会社だからな
発売でんのやて
オレ歌っただけなのにく～

「相手が小さすぎる。これじゃニュースにもならしねぇ……」とつぶやきながら作者はこの作品を仕上げたという。何かを予感させる作品だ。

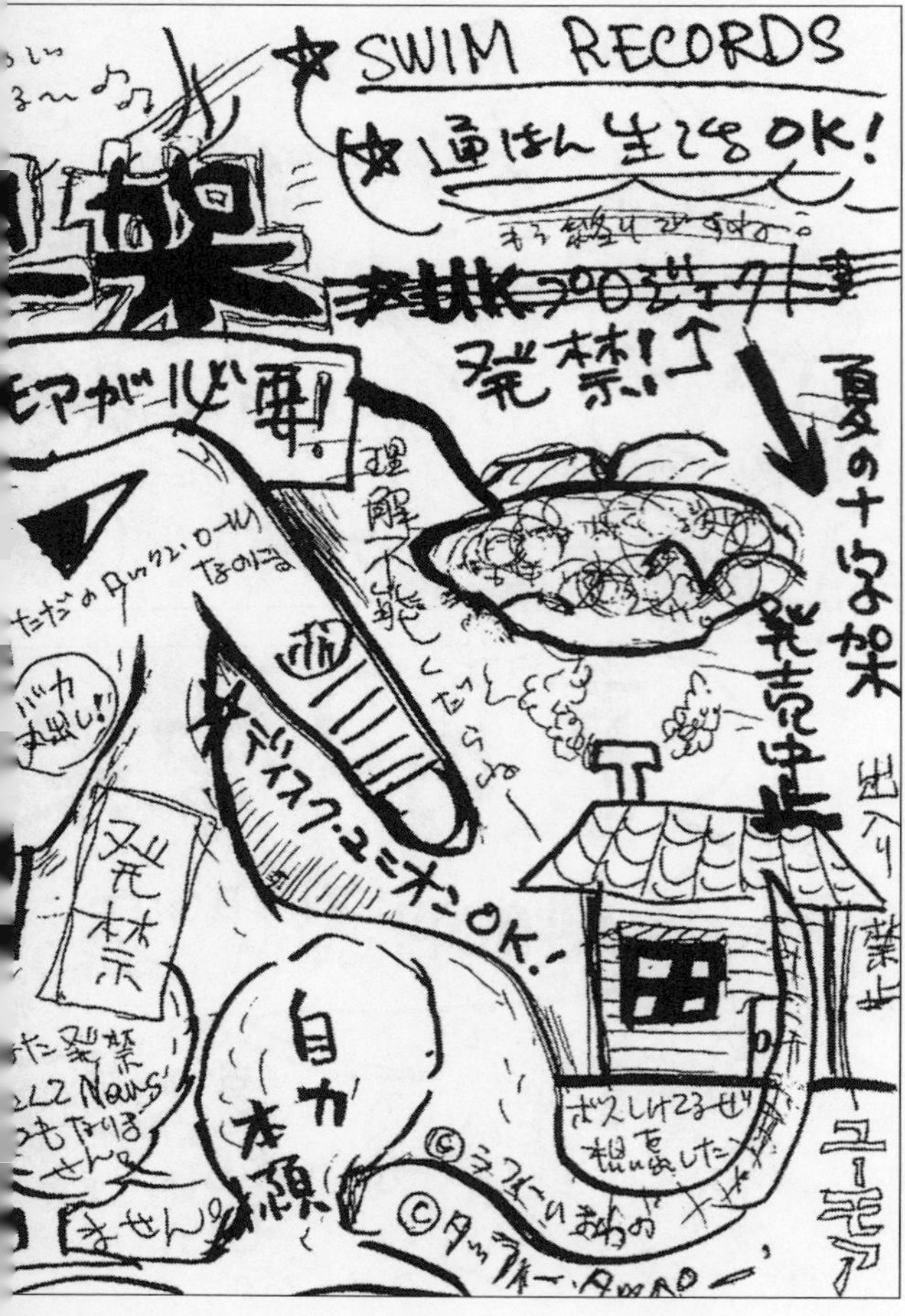
SWIM RECORDS
通はん生でもOK!
発禁!
夏の十字架
発売中止
ディスク・ユニオンOK!
理解不能
出入り禁止
発禁
自力本願
ただのロックンロールなのにね
バカ丸出し!!

作者の恐ろしいまでの筆力によって描かれた現代を完全に風刺した作品との評価が高い名作。今までにこれほどの作品が存在し得たであろうか。

また発売中止か〜
お父さん何やっとんのか
ねー
おーい
①
②
おーい、
ももてぃん
どこ行くん
だー!!

零細企業の日常の一コマが見事に描かれた名作である。

夏の十字架
①
お父さん大丈夫かしら・・・・
ほんとに売れてんのかなー
②
ハーイ！ももちゃん♡今日も問屋さんにCDを届けるんだね
あっユーさん
えらいねー。いっつも〜
へっへっへっ

バカッ!!
ユーさんが
あんな
曲を
作ったから
UKプロジェクトから
発売禁止に
なったのよ!
まあ
そう言うなよ
ももちゃんだってさ
CDを
届けて
おこずかい
もらって
んだろ
ダメだ
こりゃ…

零細企業の日常がまたしても描かれている。作者の苦悩が見事に踏み込んだ形で表現された作品となっている。父と娘の絆を感じさせる名作だ。

フーコちゃんや サヤちゃんと いっしょに あそびたい のにな〜
あ〜あ
また お父さんの お手つだい か〜
夏の十字架
①
②
おっ……
ハーイ ももちゃん♡
えらいぞー
よりによって あっまた ユーさん だ……

零細企業の日常を描かせたら、右に出る者はいないとまで言わせしめる作家の作品。本作を機にこれ以上の作品は描けないと作者は筆を置いたとか、置かないとか……。

クリちゃん何を吹いてるの？、
ホルンだよ
ポッポポ〜ッ
へーぼくもこれから穴をほるんだよ
ひとり殺したから埋めるんだ
ムッ！

反体制作家と言われる作者の少年犯罪に踏み込んだ快作である。因みにここに登場するホルンとシャベルは共にスイス製である。

瀕死の双六問屋インスタント写真館

いっぷくだいっぷく

1998年８月
異例の40本近いテレビのプロモーション活動を終え、全国ツアー奮闘中!!

小島剛夕

敬する漫画家・小島剛夕先生宅に訪問。仕事部屋を見学させて頂いた上、寿司までごちそうになった。すばらしい体験だった。

また新しい年が…

暮れから正月と何年かぶりでのんびりと過ごした。新宿パワーステーションが閉店してしまったので恒例の年越しライヴが無かったのだ。

あらたな旅へ….

ツアーは生き物だ。演奏やステージングは日々、成長していく。移動日に温泉に入れたら最高だが、そんなゴキゲンなツアーももうすぐ終わる。

松竹映画のための曲作りに突入。朝本浩文くんとの共同作業だ。ちなみに二人とも年男。走ったり、飛び跳ねたり、月で餅をついたりしながらの曲作りだ。

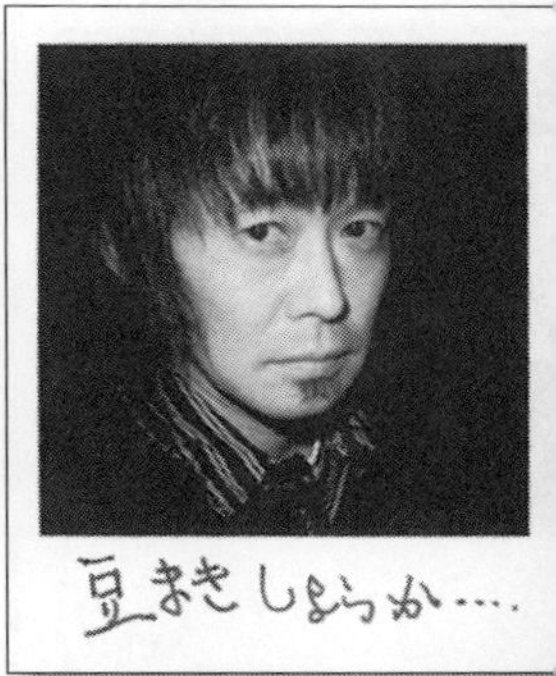

元気で楽しい毎日だ。だって僕は映画俳優なんだぜ。セリフはむずかしいけどな。なんとか、がんばるよ。

クランク・イン２週間前にして映画はとんだ。いい曲をたくさんレコーディングしたのにな。サントラ盤だけ出そうかな？

新しい楽しいバンドを結成するに至った。そして、また賛否両論の評が下されたりなんかしちゃって！　いつもそんなものだ。人の感性などアテにならないよね。

日夜、歌を作りつづけてひと月で10曲作った。まるで曲作りの中毒のようになってしまったので温泉に来てボーッとしている。帰ったらレコーディングだ。

レコーディング順調

なぜか、レコーディングの日々。例のサントラ用の曲をいじったり、新曲を録音したり、秘密のニュー・メンバーにて、ミニ・アルバムか何かを制作中。

フォト By 藤井
レコーディング超快調!!

ニュー・ソロ・アルバム「ラフィータフィー」のデザインも自分でやることにした。音といいジャケットといい、めっちゃかっこいいぜ。

タジオに行っ
はギターを弾
、家に帰って
ドラムを叩き、
画を描く。遊
でるような毎
。子供から学
をとったよう
生活とでもい
うか。

漫画家達

またまたまたまたまたも
ナゾのレコーディング

ニューアルバム「ラフィータフィー」見事完成!!　今はジャケット・デザインに取り組み中。元フィッシュマンズのギター小嶋君(現デザイナー)と楽しく奮闘中。

またまたゴク秘メンバー
にてレコーディング

ついに、ソロ・アルバムを出すことになった。11曲レコーディングした。うーむ、これは出すしかないだろう。

ふだん着にてプロモーション
活動 カッパツ化!

もうすぐプロモーションビデオの撮影があるので上半身を鍛えておかないとね。うで立てふせをしなくちゃな。

リトル・スクリーミング・レビューのレコーディング中。たぶん7曲入りの安価なアルバムになるはずだ。やはり、リトルのビートはすごい。

またレコーディングやってるよ
好きだなー

Q: またまたニュー・バンド
結成なのか??!

フジ・ロック・フェス８月１日「ラフィータフィー」出演決定！　初ステージがフジ・ロックとはすごいデビューだ。キンチョーの夏だな。

くそーっ漫画を描いてるヒマもない。クソ忙しくなっちまった。マッサージに行って左腕のコリを取らなくちゃ……。

レコーディングますます快調
こんどはスゴイぞ!!

関越自動車道、赤城
高原にて（フジロックをめざす）

もうすぐ夏休みだ。ずっと働きずくめだったから、すごく楽しみです。

Oh! やっと描きあげた!

ずーっと絵を描いている。4ｍ×1.5ｍの大作である。コンセプトは「冬の十字架」。10月中旬からタワーレコード新宿と梅田に展示予定。

出番直前記念写真

当日の朝食

楽屋にもどり
カンパイ

着付け教室

またブルーズがやって来た。次のアルバム発売中止だってさ。バカバカしくて怒る気力もない。

ラフィータフィーついにステージデビューだ。初ステージがフジ・ロックかよ。

インディーズで出したから、プロモーションも楽だろうと思っていたら、メジャーよりも忙しい。しかし、ラジオが取り上げないのは不思議。

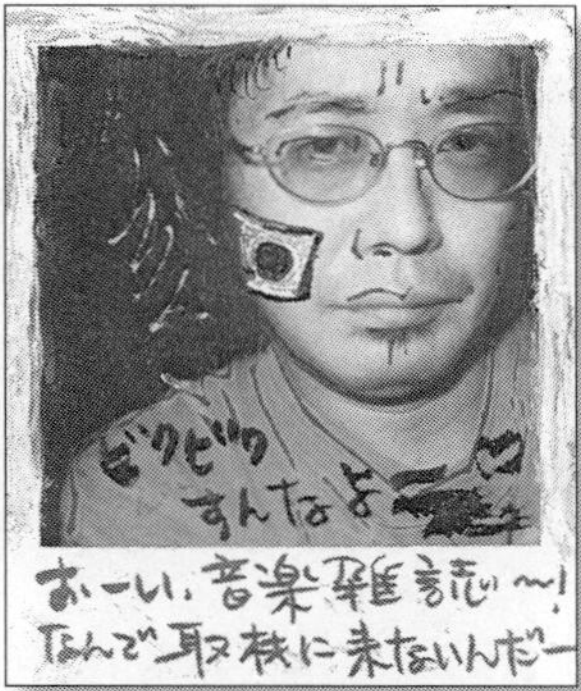

例の発売中止問題（注・「冬の十字架」収録の「君が代」を巡る騒動）でたくさんの雑誌や新聞、TVから取材依頼があったが音楽雑誌は一誌だけだった。

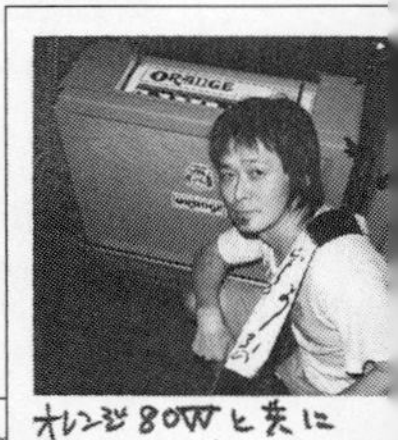
俺しか持ってない（日本で

またツアーが始まるぜ！
はりきって行こう!!

「冬の十字架」オリコン・チャート42位。週に７千枚と発表された。本当はもっとたくさん売れて品切れ状態なのにな。情報化社会なんて言ったって知れてるぜ。

ロックン・ロールのツアーにあけくれている。いつもこれで最後だっていう気持ちでやりたい。メンバー全員気合いが入ってます。

ラフィータフ
ーのプロモー
ョンの日々、
時進行でリ
ル・スクリー
ングのアルバ
完成、ジャケ
などさつえい

某旅館にて家族と共に新年を迎えた。こんなことは初めてのことである。温泉に入っては酒を飲んでいた。

剣は武士の命
福井、東尋坊にて

うまなりくんに出るのが
私の夢です。

東京FMで俺の番組が始まった。なかなか楽しい仕事だ。日曜日はラジオを聴くしかないだろう。

防衛庁に行って
世界平和を祈ってきた。

今年の12月はヒマでいいなー。このあいだ三浦友和（同窓生）と美術の小林先生の個展を見に行った。すんごく盛り上がった。

来年の優勝をめざして
ドラゴンズ応援団長と川又さんと

韓国へ行ったらさ、みんな上向いて歩いてる感じですごくエネルギッシュだったよ。日本人と同じ顔してるんだけどね～と星勝氏から電話があった。

ポリドールとの契約更新の季節がやってきた。俺の出す条件は受け入れられるのか!?

特許申請にやってきた
発明会館にて。

キンパクシタ作戦会議の図

豆まきをしてケガをした。泣きながらシジミ汁をのんだよ。

ら〜む、火をかしてくれる?

日本が誇る偉大な劇画作家、小島剛夕先生が亡くなった。葬儀の朝、先生の絵のような雪が降った。さすがだ。

もうすぐ親父の13回忌だ。久しぶりに親戚の叔父さんや叔母さんに会えるな、楽しみだ。

まだレコーディングしてるぜ!
しかもSTEVE CROPPERまでいるぞ!! いつ出すんだよ〜

秘密のレコーディングがしめやかに終わろうとしている。素晴らしい歌の数々。発表を待て！

久々に国立に帰って近所の人達と写真をとった。小学生時代の習字の先生もいっしょに。

小さなパーティー用のギターアンプを手配中。結婚披露パーティーなどで使える小さくてパワーのあるやつだ。友人の式までに間に合わせたい。

自分にゴホービ。
アンプとギター。

この号（注・「TV Bros.」2000年6/10〜6/23号）が出る頃には、この最高のツアーも終わってるんだな。またやりたい。マジカデ・ミル・スター・ツアー。

いよいよマジカデ・ミル・スター・ツアー2000が始まった。ライブ・ハウスだ。マイクロバスで廻るツアーだ。毎晩大騒ぎだ。握手会もやってるぞ。

あの伝説のキャバレースター・オーティス栗原が帰ってきた。ハコバンをバックにスタンダードナンバーを見事に熱唱。

プロモーションとレコーディングの連続の毎日。何でこんなにクソ忙しいんだ⁉
でもまたしても大作完成‼

単行本化に
向けレコーディング快調。

マジカデ・ミル・スター・ツアーのリハーサルに明け暮れている。誰でも一度はバンド・マンになりたいと思ったことがあるんじゃないのかなーと思う。

200X年X月見事〝コマ・フリー〟で特許を取って億万長者に（261ページ参照）。でもロックンロールへの情熱は忘れないぜ！ それでは諸君、また会おう。素晴らしき双六問屋の世界で。

解説

町田康

ガキの頃、大人というものはなんと不自由で滑稽《こっけい》なものなのだろうか、と思っていた。月並みで俗っぽくて、紋切り型、クリシェを連発する馬鹿者だ、と思っていたのである。しかしそれは間違いだ。大人の心にも愛はある。ただ、ガキと違って世間と交際せねば生きていけない大人の心にはそれ以外のいろいろなものがひしめきあって愛が片隅で小さくなっているだけである。

そして狭い心のキャパのなかで愛は世間、及び世間的なるものに圧倒され、人は、「ま、このおー」とか「だいたいそういう流れだね」とか「どもどもどもどもども」とか「よろしくおねがいします」などといったつなぎの言葉ばかりを口走って日を暮らし、知っていたはずの重要な言葉を忘れていくのである。

なんとも悲しいことであるよなあ。そんな世間なんてなあ、どうでもいい。関係ねぇよ、ぶっ殺すっつって、生きていきてぇものであるよなあ。と、人々は日々、思っているのであり、だからロッカーが、「世間体を気にして頭を下げたり名刺を配ったりするよりは自分の感知・感得するところに忠実に生きようぜ、オウオウオウオウエイエイエイエイ」と歌うと、そうだそうだ、異議なし、と人々は喝采《かっさい》するのである。

しかしここで注意しなければならぬのは、それが無垢《むく》な心から発せられる叫びであっては、絶対に、ならないということで、例えば、王様は裸だ、と叫んだ子供は偉い、ってことになっているが、はっきりいって王様は裸であるなんてことは実はみんな知ってる。ただ権力者もしくは上司である王様に気を遣って、「うわっ、すごいっすよ、王様。さすがは王様だ」などとお追従をいっていただけなのだ。だというのに、そんなことを叫ぶガキというのは大人からみれば野暮の骨頂、実に白けることなのであり、自分だけが子供という或《あ》る意味、安全な立場から、関係ねぇぜ、ぶっ殺すというのは、そいつが実際に子供であった場合は無意味だし、子供のふりをしている大人であれば馬鹿かカマトトである。

つまりだからロッカーは、「わはは、こんなことを言ったら王様にどつきまわされるな。やはりやめておいた方が無難だな。しかし、ちょっと面白いから言ってみるか。うわっ。言ってしまった」という逡巡《しゅんじゅん》・屈折、苦み、哀《かな》しみのごときを心の裡にいつも蔵しているべきなのであるが、貧しさに負けた。いいえ、世間に負けた。ロックが世間に取り込まれ、世間の論理によって全身が腐朽したロックは、馬鹿もしくはカマトトが、紋切り型、クリシェを連発する場所となり果てて、いっていることは、旧来通り、世間体を気にして頭を下げたり名刺を配ったりするよりは、自分の感知・感得するところに忠実に生きようぜ、オウオウオウオウオウエイエイエイエイ、なんていっているのだけれども、ひとたび楽屋に引き込めば、世間体や年功序列を気にしてぺこぺこ頭を下げたり、名刺を配ったりしているのであり、また、「いや、俺はそんなことしてねぇぜ」という人があるかも知らんが、本人がしなくても周囲の人間にやらせていればそれは本人がやっているのと同じ、というより、他人にぺこぺこ頭を下げさせて自らは無頼者のふりをしているというのは、より質が悪いのであって、そんな奴ばかりになってしまってなんとも悲しいことであるよなあ、と私は二度悲しみ、そういえば少しく腹が減ったなあ。うどんでも拵《こしら》えて食べようか知らん。しかしそれも面倒くさいなあ。と思いつつ窓から沈みゆく夕陽を見つめていたのである。

しかしながらそう人生悲観することはないよ、と思い直したのは、本書「瀕死の双六問屋」を読み、その愉快・痛快ぶりを大いに楽しむと同時に、著者、忌野清志郎が、真正のロッカー・バンドマンとしてこのような書物を発表しているということ自体が嬉《うれ》しくなったからである。

よく、筋道の通ったこと、などというが誰もが簡単に納得する筋道など嘘《うそ》に決まっていて、しかし人は筋道がないと不安なのでなんとなくそういうものがあることにしようとしているが、どうです？　この文章。まるで歌じゃないですか。というと、それがそのまま音楽になるのか、と早合点する人があるがそうではなく、歌が、音楽が文章という形を取ればこうした明らかな筋道がないにもかかわらず、人の心に響く形になると私はいってるのです。

　そして正味の話、文章は実に卓越していて、ちょっとした表現にも天才的な閃《ひらめ》きが感じられ、そうした天才的閃きが一頁《ページ》につき六ヶ所ぐらいある。また、語り手は次の章では風景として後退していき、虚実がない交ぜになるその様は、歌手としての経験、すなわち、曲の中に登場する人物の感情や曲そのものの情感を声で表現してきた著者ならではのものといえ、当人にとっては当たり前のことかも知れぬが、こういうことは通常、文章だけ書いている者は絶対にできない離れ業である。

　ときに著者は「これだけは言っておく。ブルースを忘れないほうがいい」とか、「ユーモアが大切だ」或いは、「戦争はやめよう。平和に生きよう。そしてみんな平等に暮らそう」といった一見、教え諭すようなことを言う。しかしいろんな意味で間違えてはいけない。これは忌野清志郎の祈りであり切実な告白だ。彼は瀕死《ひんし》だ。でも瀕死の状態で吐かれた言葉こそが、イエイ、切実なのである。

　その祈りは自分の魂に響き、自分は感動、本書を小脇《こわき》に抱えて機械式月極地下駐車場まで歩いていき、緑色の制服を着た小父《おじ》さんにカードを渡して車を出して貰《もら》い、ドアーを開け、エンジンをかけ、シートベルトをきつく締めて、貰ったカセットテープをカーステレオに挿入、音量つまみを調整して大音響でこれを鳴らし、へっ、西に走ったのである。「瀕死の双六問屋」。むちゃくちゃカッコええ。

あとがき

忌野清志郎

やってまいりました、〝あとがき〟。なぜか、本には〝あとがき〟が必要だ。〝あとがき〟だけ読んで雑誌に記事を書くジャーナリストのためかもしれませんね。でも僕の本には必要ないと思うな。こんなに文章を書いてきて、まだ書かせるつもりかい？　長い長いコンサートのあとにまだアンコールをやってる奴《やつ》らみたいだぜ。同じような曲をずっとやってたくせに、まだやりたいのかっていう感じさ。僕は途中で席を立って帰ります。義理で拍手なんかしたくないんだもん。この本は僕が書いたんだ。それでいいだろ。自分でおもしろがって書いたんだ。笑いながら書いたのさ。おまけとしてＣＤも作った。こっちもぜひ楽しんで欲しいな。これらの曲はとても気に入っていて、本のおまけじゃもったいないと思い始めてるんだ。でも、いいさ。僕は太っ腹だからね(＊注)。『TV Bros.』の小田倉氏とベイビィズの小山氏に感謝します。そして多くのスタッフのみんなと、光進社の石原氏に心から何度も感謝します。みんなでこの本の印税を分け合おう！

２０００年８月吉日

（＊注）元の単行本には、「瀕死の双六問屋のテーマ」を収録したＣＤが付いていた。

文庫版あとがき

忌野清志郎

2006年7月に、喉《のど》の不調を感じ新宿の大きな病院に行くと、喉頭《こうとう》ガンと診断された。手術をしガンを摘出、声は失われると宣告された。セーテンのヘキレキというやつであった。ずいぶん大きく出たもんだなと思った。ガンといえば死の病、重病ではないか、俺は死ぬのかもしれない、そうでなくても、もう歌えないんだと思った。喉の調子が悪いだけで、体も気持ちもたいしてヘタってない、こんなに元気なのに、ガンという病気はなんという恐ろしい病気かと思った。

がんセンターという病院に廻《まわ》され、手術を望まないのであれば他の治療法もあるということで、なかなかヘビーな治療の計画が立てられたのである。どうやら半年は入院生活、抗ガン剤に放射線治療、その後リハビリが半年から1年、胃に穴を開け流動食、唾液腺《だえきせん》は消滅し再生は不可能（唾液が出ないということは1曲か2曲くらいしか歌えない、2、3時間のステージなどとても無理だということだ）、などなど、現代医学とはひとのからだを機械のようにとらえている。計画どおりに治療をしないと、やがてガンは全身に転移し手の施しようがなくなり、年明けには死んでしまうというのだ。

俺はその真面目《まじめ》そうな若い医者の話を聞きながら、どうやってトンズラしようかと考えていた。ある程度治ったら逃げ出してやろうと思った。このまま医者の言う事をきいていたら本当の病人にされてしまうような気がしたのだ。もちろん本当の病人だったのかもしれないが、自分では自分が病人だという自覚は持てなかった。

俺は逃げ出してやる、こんな所に半年も1年もいてたまるもんか、俺は病気から逃げ出してやる。現代医学の治療法から、医学の常識からトンズラしてやる。冗談じゃねえ、俺を誰だと思ってやがるんだ。俺を捕まえられる奴《やつ》なんか何処《どこ》にもいない。と、強くそう思った。

そうして2週間ほどの入院生活が過ぎ、医者の説得をかわし、代替医療（民間療法）へと治療法を変えたのだ。現代医学におさらばだ。いろいろな民間療法の先生に俺は「ガンではない」と言われた。現代医学では、わからない病気は何でもガンにされてしまうのだそうだ。とてもいい気分だった。心がかるくなった。思っていたとおりじゃないか。俺がガンだったら本当のガンのひとに失礼だと思っていたんだ。

この話を信じるひとも、信じないひともいるだろう。しかしガンが全身に転移してガリガリに瘦《や》せて痛みの中で死んで行くと医者に言われた俺が、こうして鼻歌まじりで『瀕死の双六問屋』の文庫本化に向けて2回目のあとがきを書いているという事実。友人のライブに飛び入りし、何曲も歌っているという事実。自転車で走り回ってるという事実。死んでいないという事実。

『瀕死の双六問屋』の物語は、俺が唯一（絵本以外で）というくらい、まじめに（ゴーストライターやインタビューおこしではなく）自分で書いたものだ。たいして話題にはならなかったが、とても気にいってる一冊である。文庫として復活するとはゴキゲンなことだ。俺の再生、完全復活の先駆けのようで、幸先《さいさき》のよい出来事だと思う。

たくさんの、勇気を与えてくれた皆さんに感謝します。

忌野清志郎／２００７年7月

文庫版解説

角田光代

私は忌野清志郎氏の音楽を愛しているが、もし愛していなかったとしても、この『瀕死の双六問屋』を名著だと思うだろう。音楽とはまた別のところで、この人は、言葉の名手だとしみじみ思う。

理想郷である双六問屋で暮らしていた男が語り手のようであるが、しかし語り手はバトンリレーのようにどんどん交代していき、と思ったらまた双六問屋からきた男が顔を出して語りはじめる、といった具合に、ストーリーも筋もなく、随筆と小説の中間のようにして話はあちこちに拡散しながら進んでいくのであるが、不思議なことに、言葉が見せる光景というものがあり、それが、一貫している。

つまり、この人の言葉は詩なのだな、と思う。ふざけているようでも、怒っているようでも、馬鹿馬鹿しいようでも、説教のようでも、言葉のひとつひとつが詩になってしまっていて、だから、光景を見せる。小説は情景を見せるが、詩は光景を見せる。イエーツだってブローティガンだってケルアックだってそうだ。忌野清志郎も、そうなのだ。

詩、といっても、詩という言葉が喚起させる小難しさは、この本にはいっさいない。

どちらかといえばたいへんにおもしろい。作者はじつにサービス精神が旺盛《おうせい》なのだと思う。幾度もにやにやしたり、声をあげて笑ったりしつつ、読んだ。

作者は、しかつめらしい雰囲気が嫌いなのだろう。いつだって読み手を笑わせるが、しかし、そのなかに、はっとするような名言がいくつもあり、そのことに驚く。私は名言を見つけるたび、ページの端を折っていったのだが、気がつけば端を折りすぎて本が膨らんでしまった。

たとえばですよ。

「本当に必要なものだけが荷物だ」とか。

「どんな金持ちでも権力者でも朝が来るのを止めることはできないのだ」とか。

「中身をみがく方が大切なことなんだ。それは世界の平和の第一歩なんだよ」とか。

「右にどんどん行ってみろ。やがて左側に来ているのさ」とか。

「もう一度笑うためにはその前に迷惑をかけた人を笑わせてあげないとね」とか。

キリがないのでもうやめるけれど、本当にこの本にはどきっとするような本質をついた言葉が惜しみなく散らばっているのである。しかも、大上段に構えて書いてあるわけではない。そこがかっこいい。人は大人になると、あるいは年齢を重ねると、寿司屋の湯飲みに書かれているような標語を言いたくなるものだが、この本に散りばめられた名言の数々は、そんな薄っぺらな説教言葉と違い、実感がこもっている。借りものの言葉ではなくて、作者の芯《しん》の部分から出てきた言葉なのだろう。だから読み手は、はっとする。まったく知らなかったこと、知っているような気がしただけのことに触れて、ちょっとびっくりするのだ。そのような深い名言に打たれているうち、だんだん、

「まさか雨の日に洗車に行く人間はいないだろう」とか、

「ダンボールの中に薄い蒲団《ふとん》を一枚入れると意外とあたたかいんだぜ」とか、

「冷凍食品は解凍しようと努力すればする程カチンカチンに凍っていく」とか、

「それはイギリス産のとても甘いオレンジなのさ」とか、

「もうちょっとこのままズルズルと夜ふけにビールを飲んでもいいだろう」とか、

キリがないからこれももうやめるけれど、もうなんでもかんでもが、意味深な一言に思えてきて、気がつけば一言一句漏らさないように、読んでいる。それにしてもこの人の言葉というのは本当に、この人にしか書けない言葉で、これらの一行ですら世界観を作るその特異な手腕には、ちょっと嫉妬《しっと》を覚えるほどだ。

ともあれ、それらの言葉に、にやにやしたり、はっとしたり、感動したり、ときに嫉妬したりもしつつ、読み手はやがて気づくであろう。作者が、言葉を変え表現を変え、たったひとつのことを言い続けているのが。考えてみれば、そのたったひとつのことを、この人はもう何十年も、音楽という方法で言い続けているようにも思える。

作者が言い続けているそのたったひとつのこととは、至極まっとうで、かんたんなことだ。なのに、世のなかはどんどんそこからずれていく。非まっとうへとまっしぐらに突き進んでいく。そのことに作者はたびたび怒っているし、呆《あき》れているし、失望しているが、しかし、絶望していない。なぜならこの人は、ずっと歌を作り続けている。本当の本当にこの世界に絶望したのならば、忌野清志郎はもう歌を作らないだろう。彼が絶望していない、ということに、私は心からの安堵《あんど》を覚える。

この本のなかにはこんな文章がある。

「安心しろ。君はまだまだ大丈夫だ。ぜんぜん平気のへーザだ。へっちゃらもいいところさ。なにしろ俺がここにいて、君と同じ時間を生きているんだぜ。こんなに心強いことはないだろう。よし、ＯＫだ。」

これはそのまま私の気持ちである。忌野清志郎が、絶望せずこの世界にとどまっていて、そして文章を読ませたり、歌を聴かせてくれたりするのだから、大丈夫。私は本当にそう思っている。世界はまだまだ馬鹿げた事件や、終わらない闘いに満ちていて、理想郷の双六問屋がどんどん瀕死状態になっていくように思えたりもするけれど、でも大丈夫、いつか双六問屋は生き生きと蘇《よみがえ》り、その記憶を持っていたとしてもいなかったとしても、私たちはそれぞれの双六問屋にスキップで帰れるときがきっとくる。そんなふうに、思うのである。

では双六問屋とはなんぞや。それは、この作者の言葉を読んで、人が思い浮かべる光景のことだと私は思っている。

先に、この人の言葉は光景を見せる、と書いた。その、見えてくる光景というのは、人によって違うだろうと思う。私たちは自分の体験に見合ったものしか見られない。自分に見合った体験しか持たない私たちは、いくら近しい人とでも同じ光景は見られない。けれど私は思うのだ、その個々のもっているなかの、もっとも美しい光景を、私たちはこの人の言葉の向こうに見るのではないか。私たちの思い描く、自分に見合った美しい何か――それがつまり、私たちの共有しえるパラダイス「双六問屋」なのではなかろうか。

SHOGAKUKAN BUNKO

好評新刊

ラブ・デトックス
小泉すみれ
「嫉妬するあたしをどうにかしたい！」TOKYO発、リアルでキラキラした女子ノベル「ヤマダしりーず」第2弾！

シネマ大吟醸
太田和彦
失われた心情や風景が残されている往年の日本映画の名作を、情感溢れる独自の視点で紹介する必携コラムガイド。

なにわの源蔵事件帳④ 絵図面盗難事件
有明夏夫
明治開化期の大阪を舞台に繰り広げられる痛快捕物ミステリー『なにわの源蔵事件帳』シリーズ、いよいよ最終巻！

ラブシャッフル 1
野島伸司
ドラマ界の鬼才が放つ、新感覚ラブストーリー。『ラブシャッフル』の完全シナリオ本！ 1巻は第1話から第5話まで収録。

夜回り先生
水谷　修
「昨日までのことは、みんないいんだよ」。夜間高校教師に50万人が涙した感動のベストセラー、待望の文庫化!!

沢彦《たくげん》　上
火坂雅志
織田信長に「天下布武」の真の意味を説いて夢を託した名参謀の足跡を、新史料から描き出した意欲作。

本書のプロフィール

本書は、二〇〇〇年九月光進社より刊行されたものです。

瀕死《ひんし》の双六問屋《すごろくどんや》

著者　忌野清志郎《いまわのきよしろう》

二〇〇七年九月十一日　初版第一刷発行
二〇〇九年六月一日　第二刷発行

発行人――佐藤正治
編集人――飯沼年昭
発行所――株式会社　小学館
〒一〇一-八〇〇一
東京都千代田区一ツ橋二-三-一
電話　編集〇三-三二三〇-五六一七
販売〇三-五二八一-三五五五
印刷所――中央精版印刷株式会社

ISBN978-4-09-408205-0

小学館文庫